JN197810

現代「液状化社会」を俯瞰する

〈狂気の知者(モロゾフ)〉の饗宴への誘い

Umberto Eco
ウンベルト・エコ

谷口伊兵衛／ジョバンニ・ピアッザ 訳
Taniguchi Ihee, Giovanni Piazza

5 chapters selected from
Pape Satàn Aleppe
Cronache di una società liquida

而立書房

5 chapters selected from "Pape Satàn Aleppe - Cronache di una società liquida"
'Lo zen e l'occidente' included in "Opera Aperta"
by Umberto Eco

目 次

Ⅳ．書物論、その他

V．痴愚から狂気まで

装幀・神田昇和

はじめに

週刊誌『エスプレッソ』上で、コラム《ミネルヴァの知恵袋 *La Bustina di Minerva*》を毎週――後には隔週――公開してきた。記憶では、当時の紙マッチ（ミネルヴァ）の内側には、ゆったりした２面の余白があり、そこにメモを書き留めることができたから、それを利用して私はひょっこり思い浮かんだアイデアを書き留めておき、これらを覚書や余談として記事を認(したた)めることにしていたのである。

それらは、たいていは時事問題から着想されたものだったが、必ずしもそれだけというわけではなかった。なにしろ、ある晩、ヘロドトスの『歴史』の１頁や、グリム童話や、ポパイのマンガをも再読しようと決めたことがあったのだが、それはこれらにも今日性があると思われたからだった。

初期の《ミネルヴァの知恵袋》欄(コラム)は拙著『第二のささやかな日誌』（*Il secondo diario minimo,* 1992）に再録され、その後《知恵袋》のコラムで発表されたものの多くは、『歴史が後ずさりするとき』（R・アマデイ訳、岩波書店 2013）に再録された。さらに、2000 年から 2015 年にかけて発表したものは計 400 以上のコラム――1 年に約 26 篇――に及んだ。そしてこれらのうちの幾篇かは、今なお再利用できるように思われたのである。

重複するところはカットしたが、それでも幾つかは残してある。ここ 15 年間以上も、幾つかのトピックは、今なお規則的に私たちを悩まし続けているし、従って依然として今日的であるこれらのテーマに立ち返り思索することを、私に強いているからだ。

ウンベルト・エコ

「液状化社会」とは

“液状化した”現代社会という考え方は、ジグムント・バウマン*1に由来する。この概念の持つ様々な含意を理解したければ、『危機の国家』("*State of Crisis*" Polity, 2014 ／伊訳 Einaudi, 2015) を読むとよい。(この本では、バウマンとカルロ・ボルドーニがこの話題やその他の話題を論じている。)

液状化社会は、ポストモダニズムとして周知の運動とともに形成され始める。この“アンブレラワード”は、建築から哲学、文学に及ぶ多様な現象を (必ずしも首尾一貫したやり方ではないが) 束ねたものである。

ポストモダニズムは“壮大な物語文学”の危機を示したものであって、これらのいずれの文学も、一つの秩序モデルが世界に字幕づけしうることを要求してきたのである。

ところが、ポストモダニズムの方は、過去に対してのおどけた (もしくはアイロニックな) 再考に没頭したし、それはニヒリズムの傾向を伴いながら様々な形で織りなされてきたのである。

だが、ボルドーニによれば、ポストモダニズムは目下衰退しつつあるという。その性格は一時的であったし、我々は気づかぬままにそれを通過してきたし、それはこれからは前期ロマン派みたいに研究されることになろう。それは生起しつつあった事件を指し示すには役立ってきたし、またそれは近代性から今後目指されるべき現代性への、一種の“渡し舟”みたいなものだったのだ、と。

＊1　(1925-2017) ポーランド出身の社会学者。「固定化と液状化」というメタファーを用いてポストモダン社会を考察した。

この発生しつつある現代の特徴の内に、バウマンは国家の目下直面しつつある危機をも含めている。超国家的な実態の権力に直面して、国民国家はいかなる自由を保てるというのか？　個々人が現代の諸問題を同質的に解決しうる可能性を各自に保証してきたようなものは、もはや消滅しつつあるのだ。この危機は様々なイデオロギーの（従って、政党の）瓦壊をもたらしたし、そして、各自にそれぞれのニーズを理解してくれるものには共感を覚えさせることで、各自が等しくそれぞれの価値を共有したいという共通の叫び声を挙げさせるに至ったのである。

共同体という概念にとってのこの危機は、制御の効かない個人主義をもたらしている。民衆はもはや市民仲間ではなくて、警戒するべきライヴァルなのだ。この“主体主義”は、近代の根底を脅かし、脆弱化して、すべてのものが液状に融解していく、参照点無き状況を産み出している。確たる法規は失われており、司法組織は敵視されているし、この参照点無き個人にとっての唯一の解決策、それはいかなる犠牲を払ってでも、自分を目立たせ、目立つことを価値としたり、消費者中心主義に追従したりすることなのだ。

ただし、この消費者中心主義が目指しているのは、満足させてくれる欲しい品物を所有することではなくて、そういう品物を直ちに旧式なものたらしめることにある。人々はいわば無目的な大食症みたいに一つの消費活動から別のそれへと移行していく。例えば、新型の携帯電話は旧型のそれに比べて特別に優れているわけではないのだが、この欲望のバカ騒ぎに耽るためには旧型の品物は捨て去られなければならないのだ。

イデオロギーも政党も瓦壊していく。示唆されてきたように、政党はさながら投票を制御する民衆指導者や、マフィアのボスに乗っ取られたタクシーみたいになってしまったし、民衆は提供してくれるものに即して何気なく選んでいるのだ――政治家は政党への忠義を裏切っても何らスキャンダルにならない。民衆個々人だけではない。社会そのものが危険な状況の中で生きているのである。

この液状化にとって替わられるものは？　我々には分からないし、この政治空白期間はずっと続くことであろう。バウマンの指摘によれば、上からの救済、国家からの、または革命からの救済への信仰がひとたび消滅してしまった暁には、空白期間に特徴的な局面は、憤慨に行き着くという。かかる憤慨は、それが何を望まないのかは分かっているのだが、何を望んでいるのかは分かっていない。それで私としては言及しておきたい――警察がブラック・ブロック*2の抗議運動に関して提起した諸問題の一つ、それはこの運動については、かつてアナキストやファシストや赤い旅団（ブリガータ・ロッサ）*3に対してしてきたような［過激派という］レッテル張りが、もはや不可能なのだということだ。

彼らは活動はしているのだが、それがいついかなる指揮で行われているのかは誰にも分からないのだ。彼ら本人でさえも知らないのである。

液状化に生き残る方法は？　存在するのだが、それがどういうものなのかと言えば、我々が液状化社会に住んでいるという意識を持つことにある。この社会を理解し、恐らく克服するためには、新しい方策が必要になろう。だが厄介なことに、政治家や大半のインテリゲンチャはこの現象が何であるかを分かってはいなかったのである。当面は、バウマンの言っていることは依然として、「野性の呼び声（*The Call of the Wild*）」*4のままなのだ。

［2015］

＊2　2009年、ワシントンＤＣの世界銀行周辺で行われた反戦デモ。黒い色のマスクやサングラスで顔を覆っていた。

＊3　Brigate Rosse. イタリア極左の過激派集団の名称。1969年伊アレッサンドリア市で結成。

＊4　合衆国の作家ジャック・ロンドン（1876-1916）の小説（1903）のタイトル。岩波文庫（海保貞夫訳）がある。

I．老いと若さ

I vecchi e i giovani

平均寿命

美しさは時の力でも
涙と汗でも消せはしない。
母は60の還暦を超えたが、僕には
以前よりもっと美しく見える。*1

エドモンド・デ・アミーチス*2のこの詩を多くのイタリア人が憶えているかどうかは分からない。この賛歌は女性美に捧げられたものではなくて、孝行の歌なのだ。親孝行は今日では90歳の境に移されて然るべきものだろう。なにしろ60歳の婦人は壮健であれば依然生き生きと活動しているのだから……しかも、ちょっと形成外科に通えば、20歳は若く見せることもできるのだ。でも私は子供の頃、還暦を超えて生き続けるのがはたして正しいことなのかどうかと自問したのを憶えている。養老院で弱々しくて、よたよたしながら老いぼれてしまうのは恐ろしいことだろうからだ。ところで、2000年紀のことをダンテを念頭に想像してみるに、私は2002年には70歳の古稀に達するであろうが、これは遠い先の憶測のように思える（これほどの高年に達した人は稀なようだからだ）。

私がこんな省察を行ったのは数年前、当時白寿に達していたハンス＝ゲオルク・ガダマー*3に会ったときである。彼は講演のために長旅をこ

＊1　“Non sempre il / tempo la beltà cancella / o la sfioran le lacrime e gli affanni; / mia madre ha sessant'anni, / e più la guardo e più mi sembra bella.”

＊2　（1846-1906）『クオーレ』の作者として広く知られている。

なしており、料理にも堪能(たんのう)していた。《ご気分はいかがですか？》と尋ねると、彼はほとんど喪中のような微笑を浮かべつつ、《両脚がきしんでいるよ》と答えたのだ。その陽気な無鉄砲さに私は平手打ちを食らったような気になった。実際、彼はその後もう２年間もいたって壮健なままだったのである。

考えてみれば、私たちが生きているのは、テクノロジーが毎日飛躍的に前進している時代である。グローバリゼーション（世界化）は究極的にはどこに行きつくのか分からないが、人類の達成する最大の進歩が平均寿命を引き延ばすようになるということはあまり考えられていない。とどのつまり、人類が自然を制御できるのだという考え方は、車を発明した進歩的な先祖については言うまでもなく、どうにかして火を起こしていた類人猿にも漠然とは理解されていたのだ。飛行機を行くゆくは組立てようという考えは、ロジャー・ベーコン*4、レオナルド・ダ・ヴィンチ、シラノ・ド・ベルジュラック*5により提唱された。旅の速度を早めさせる見込は、蒸気機関の発明により明らかになった。電気の到来はアレッサンドロ・ヴォルタ*6の時代にまで溯れる。だが、長寿の万能薬や永遠の若さの源については、人びとは幾世紀も夢みてきたが、徒労だった。中世には素晴らしい風車があった——今日でも、代替エネルギーを生みだすのに役立っている——のだが、しかし教会は40歳まで生きるというミラクルを探し求めていた巡礼者たちの避難場所だったのである。

＊３　(1900-2002) ドイツの哲学者。解釈学の創始者。
＊４　(1214-1294) カトリック司祭でありながら、経験知と実験的観察を重要視した。
＊５　(1619-1655) エドモン・ロスタン (1868-1918) の戯曲により、その名が広く知られている。
＊６　(1745-1827) 電池を発明した。

私たちは30年以上も前に月面着陸したのに、依然として火星には行けずにいる。だが、月面着陸の時代に70代の多くの人びとは生涯の終わりに達していたのに対して、今日では心不全やがんを除き、90歳にまで生き延びることを希望しても、それはあながち不合理ではない。要するに、大進歩が――これを進歩と呼びたければの話だが――コンピュータの分野以上に、寿命の分野では達成されているのだ。コンピュータはパスカルの計算機[*7]により予告されていたし、パスカルが亡くなった39歳は、当時では申し分のない年令だったのだ。アレクサンドロス大王やカトゥッルス[*8]は33歳で亡くなったし、モーツァルトは36歳、ショパンは39歳、スピノザは45歳、聖トマス・アクイナスは49歳、シェイクスピアとフィヒテ[*9]は52歳、デカルトは54歳、そしてヘーゲルは61歳の高齢で亡くなった。

今日私たちが直面している多くの問題は、平均寿命が延びたことから起きている。第三世界から西欧諸国への厖大(ぼうだい)な移民は、たしかに、食料、仕事や映画・TVが約束している全てのものを見つけたいという、幾百万の人びとのせいなのだが、彼らはまた、より長生きできる世界に到達すること――とにかく、あまりに若死にする世界を脱出すること――をも待望しているのである。しかし、手元に統計の数字を持ち合わせてはいないが、私が信じるところでは、老人病研究や予防医学に費す金額は、軍事技術や情報に費す金額よりもはるかに低いのだ。都市破壊の方法や安価で情報を振りまく方法については十二分に知悉(ちしつ)しているのに、集団的安寧(あんねい)や、若者の未来や、地球の人口過剰や、寿命の延長をどうやってうまく満足させるかに関しては、私たちは依然として精確なアイデ

＊7　パスカル（1623-1662）は1642年、彼が19歳のときから、徴税官の父を助けるために計算機を発明していた。

＊8　（前84頃-前54頃）古代ローマの詩人。

＊9　ヨハン・ゴットリープ（1762-1814）。『ドイツ国民に告ぐ』で有名。

アを持ち合わせてはいないのである。

若人たちは思うかも知れない——テクスト・メッセージを携帯で送信したり、ニューヨークへ低額で飛ばしたりさせてくれるものが進歩なのだ、と。だが驚くべき事実（そして未解決な問題）、それは仮に万事がうまく運んだとしたら、40歳のときに漸く成人に達する覚悟がいる、ということなのだ——祖先は16歳で成人に達していたというのに。

私たちが長生きするようになりつつあるということを、主なる神や幸運の星々に感謝しなければならないのは当然だが、でも私たちとしては、このことを自明の事実と見なすのではなくて、現代のもっとも劇的な問題の一つと見なすべきなのだ。 ［2003］

美は醜く、醜（しゅう）は美しい？＊10

ヘーゲルの考察では、苦痛と恐怖の芸術的描写を初めて導入したのはキリスト教だという。「ギリシャの美の諸形態では、茨（いばら）の冠をかぶり、むち打たれ……十字架にかけられて死んでゆくキリストを描けなかった」からだ。しかし彼は間違っていたのだ。なにしろギリシャ世界は白大理石のアフロディテ像ばかりではなく、太陽の精霊マルシアスの罰や、オイディプスの苦しみや、メディアの凶暴な情念の世界でもあったのだから。しかもキリスト教の絵画や彫刻でも、メル・ギブソン＊11のサディズムほどではないにせよ、苦痛に歪む顔が無いわけではない。いずれにせよ、ヘーゲルはとりわけ初期ドイツおよびフランドル派の絵画を念

＊10　エコには『美の歴史』（東洋書林、2005）と『醜の歴史』（同、2009）もある。

＊11　（1956-　）合衆国の俳優。

頭におきながら、イエスの迫害者たちが現われるとき、醜が勝利していることを想起させてくれている。

誰かが最近指摘したところによると、ヒエロニムス・ボッシュの有名なキリスト受難の絵（ガン*[12]に所蔵されている）では、ぞっとするような２人の拷問者が見られるが、彼らは今日の多くのロック歌手たちや若い模倣者たちを嫉妬で狂わせる、という。つまり、ある者はあごにダブル・ピアスをしており、他の者は顔中に安い金ぴか物を突き刺しているのだ。ボッシュがこうして実現しようとしていたのは、一種の悪のエピファニー（顕現）だった。体にタトゥーを施したり、変形させたりする者は根っからの犯罪者だという、イタリア犯罪学者チェーザレ・ロンブローゾ*[13]の信念を先取りしていたことは別にしても、今日では舌にピアスをはめた若者たちに対して、人は嫌悪感を抱くかもしれない。ただし、少なくとも統計学的には、彼らを生まれつきの欠陥者だと見なしたりするのは間違いだろう。

だから、これら若者がジョージ・クルーニー*[14]やニコール・キッドマン*[15]の“古典的な”美に気絶していると思われるにせよ、もちろん、彼らは両親を見習っているのであって、両親もかたや、黄金比*[16]のルネサンス基準に則ってデザインされた自動車やTVを購入したり、スタンダール症候群*[17]を味わいにウフィツィ美術館に群がりながら、他方

＊12　ベルギー北西部の港市。

＊13　（1835-1909）イタリアの精神科医で犯罪人類学の創始者。

＊14　合衆国の俳優・映画監督

＊15　ハワイ出身のオーストラリアの女優。『めぐりあう時間たち』（2002）でアカデミー主演女優賞受賞。

＊16　縦と横の長さの比の値が黄金比の近似値（１対1.618）である長方形のこと。

＊17　スタンダールがジョットのフレスコ画をサンタ・クローチェ聖堂（フィレンツェ）で見て起こしたとされる心身症的反応に由来する。

では、壁に脳を埋め込んでいるスプラッター映画*[18]を楽しんだり、子供用にディノザウルスその他のトイモンスターを購入したり、アーティストたちが手に穴を開けたり、手足をねじったり、生殖器を引き抜いたりするハプニングを見物にでかけたりしているのである。

もちろん、両親も子供たちも、美に関わるすべてのものを拒否して、前世紀には醜(しゅう)と見なされてきたものを好んでいる、というわけではない。未来派の人びとはブルジョアジーにショックを与えるために、「あえて文学に醜を創りだそう」と唱道したし、またアルド・パラッツェスキ*[19]が（1913年の『解毒法』*Il controdolore* において）「せむしで、盲目で、壊疽(えそ)にかかり、不具で、肺病に患り、梅毒に感染した人形や、機械仕掛けで叫んだり、泣いたり、うめき声を発したりする人形や、てんかんの発作、疫病、コレラ、脳出血、痔疾(じしつ)、脊柱側湾(せきちゅうそくわん)、狂気に患った人形や、気絶し、あえぎ、死んでゆく人形」のようなおもちゃを持たせることにより、子供たちに醜の健全な教育を施そうとしたりしたのも、おそらく同じことだろう。卒直に言えば、今日でも人びとは或る種の古典美をエンジョイしたり、見栄えのよい幼児とか、美しい風景とか、ギリシャ彫刻とかを堪能しているし、さらにときには、かつては耐え難いぐらい醜いと見なされていたものから、快楽を引きだしているのである。

醜は実際に、美にとっての新しいモデルとして選ばれることがあり、それはサイボーグ*[20]“哲学”で行われているとおりだ。ウィリアム・ギブスン*[21]の初期小説では、人間の諸器官は機械ないし電気装置で代替

＊18　ホラー映画の一種。身体の一部がはね跳ばされたり、血しぶきが吹き上がるといった表現形式。

＊19　（1885-1974）本名ジェルラーニ。フィレンツェ生まれの作家、詩人。『反悲劇宣言』（1913）、『ペレラの法典』（1911）、等。

＊20　“人造人間”の意。（“サイバネティック・オーガニズム”の略。）

＊21　合衆国の小説家。SF作家。

されていたし、これが未来の不穏なヴィジョンと見なされていた。今日ではしかし過激フェミニストによると、性別は、中性の、ポスト「オーガニズム革命」的ないしはトランスヒューマン的な身体を通して、克服できると提唱されているし、ダナ・ハラウェイ*22はスローガン「私は女神よりもサイボーグになりたい」を打ち出している。

ある人によれば、これは美と醜との矛盾をすべて、ポストモダンの世界が取り去ったことを意味する。これはシェイクスピアの『マクベス』の中で魔女たちが「美は醜いし、醜は美しい」と繰り返しているようなことでもない。二つの価値がそれぞれの異なる特徴を喪失して、融合してしまったということなのだ。

だが、これははたして本当なのか？　若者たちやアーティストたちの間の或る種の行動形態は、世界の少数者によって重宝がられている、二次的意義しかない現象なのか？　TVでは、子供たちの胃袋が突き出て骸骨さながらの状態で飢え死にしてゆくのを見かけるし、女性が侵入者により誘拐されたことを知るし、拷問にかけられた人体のことを聴かされる。また他方では、ガス室に送り込まれた生ける屍（しかばね）の、あまり遠い昔ではないイメージが私たちの前に繰り返し映し出されている。

摩天楼とか飛行中の航空機の爆発により粉砕される肢体を目撃したのは昨今のことに過ぎないし、明日にも私たちに振りかかりかねない恐怖の中で私たちは生きているのだ。こういうことがいかに恐ろしいかということは私たちの骨身にしみているし、美的価値の相対性に気付いたからとて、私たちはこれらを快楽の対象として体験する気にはなれないのである。

それだから、サイボーグやスプラッター映画、ファンタジー異世界、

＊22　カリフォルニア大サンタクルーズ校名誉教授。『サイボーグ宣言』(1984)等。

ディザスター・ムービーはすべて、皮相的な現象なのである——マスメディアが宣伝し、これにより私たちははるかに深い恐怖（私たちを取り巻き、震えさせている）を悪魔払いしたり、全てはまがい物だと主張して、これらを無視しようと躍起になったりしているわけだが。［2006］

無用な30年間

過日、（多くの人からも申し込まれていることだが）ある会見記者から、私が生涯でもっとも影響を受けた本はどれか、と訊かれた。私の全生涯で影響を受けた本が一冊だけだとしたら、私は馬鹿者ということになろう。20歳代に決め手となった本もあれば､30歳代にそうなった本もあるし、百歳になったら私を一掃してくれるような本を私は待ち焦がれている。

もう一つ、あり得ない質問、それは生涯で何かを本当に教えてくれたのは誰か？というものだ。こんなことは父母に対してならいざ知らず、答えようがない。なにしろ人生のどの節目にも、誰かが何かを教えてくれたからだ。私のすぐそばの人びとかもしれぬし、アリストテレス、聖トマス・アクイナス、ジョン・ロック、あるいはチャールズ・サンダース・パースのような、親愛なる故人かもしれない。

いずれにせよ、私に言えることは、書物を離れても、私の生涯をたしかに一変してしまった人たちがいた、ということだ。第一は、素晴らしい中学校の先生ベッリーナ夫人だ。彼女は翌日のために宿題を課して、考察ないし空想のための出発点として（“雌鶏”とか“商船”のような）刺激的な言葉を使うようにさせてくれたのだ。ある日のこと、いかなる精霊に捉われたのかは分からないが、私は彼女が選んだどんなテーマについてでもあちこちで語りたい、というふうなことを口にした。すると彼女はデスクを眺めて言ったのだ、「メモ帳よ」と。振り返ってみるに、私はジャーナリストのメモ帳とか、開拓者の旅日記について語ることもできたのに、そうはしないで、大胆にも教師の教壇へと飛躍して、急に立ち止まってしまったのだった。ベッリーニ先生はあの折、自分自身の力を決して過言しないように、と私に教えてくれたわけだ。

第二の教訓はサレジオ会*23のジュゼッペ・チェーリ神父だった。彼は楽器の演奏法を教えてくれたのだ。彼は聖人と目されると噂されているが、それはここに挙げる理由からなのではない（ここに挙げる理由は、むしろ彼にとって不利なものとして利用できるであろう）。

1945年1月5日、私は元気よく彼に近づいて、「チェーリ神父、僕は今日13歳になりました」と言ったのだ。すると彼の返事は「むだなことをしたな」という不愛想なものだった。どういう意味だったのか？　そんないい年になったことを真剣に良心的に検討し始めよ、ということか？　生物学的な義務を果たしただけで褒（ほ）められると期待してはいけない、ということなのか？　おそらくこれはピエモンテの人間の、控え目なごく普通の表現、レトリックに踏み出すことへの拒絶、もしくはおそらく、これらの言葉はお祝いの愛情あふれる表現だったのかもしれない。でも思うにチェーリ神父は、教師たる者必ず生徒に挑戦すべし、決して表だって興奮させるな、という教えを私に垂れていたのだ。

こうした教訓の後で、私は賞賛を期待している人びとを褒めるのをいつも差し控えてきた（予期せぬ功績を挙げた場合を除き）。おそらく私のこういうためらいは誰かを苦しませたであろうし、そして、これが事実ならば、私は最初の13年間を浪費したことに加えて、私の最初の66年間をも浪費してきたことになる。そして、私は同意を表する最良の方

＊23　1854年、聖フランチェスコ・サレジオを守護聖人に、聖ボスコが創設した修道会。

法は、何らの批判もしないことである、ということに決めたのだ。いかなる批判でも、誰かが見事に事を成し終えたことを意味しはしない。私は「立派な法王」とか「真摯な政治家」といった表現にいつもいらだってきたが、それは他の法王たちは悪かったし、ほかの政治家たちは不まじめだった、という思いに余地を残すことなるからである。彼らは全員が期待されていることをやっているだけなのであり、お祝いを受けるべき理由を見出すのは困難である。

ただし、チェーリ神父の返事から私が教えられたのは、たとえ自分がうまくやったと思えても、やったことをあまり自慢してはいけないこと、なかんずく、自己満足に耽ってはいけないということだ。このことは、最善を尽くすべきではないという意味なのか？　もちろん否だ。しかしやや風変わりなやり方ではあれ、チェーリ神父の返事は、たまたま出くわしたオリヴァー・ウェンデル・ホームズ・ジュニア＊24からの引用「私の成功の秘密は、早期に、私は神ではないことが分かったことにある」のことを私に想起させてくれる。あなたは神ではないと自覚し、自分が為していることにいつも疑いを抱き、人生の数年を十分立派に費してはこなかったと悟ること、このことは極めて大事である。これこそが、残りの人生の歳月をよりよく過ごすための唯一の道なのだ。

時あたかも選挙運動がスタートし、候補者たちが神がかりの行動をして勝利を収めるべきとき――換言すれば、これまで成就してきた一切のことを、さながら天地創造の後の創造主みたいに、うまくいったと言いたてたり、神はありとあらゆる最善の世界を創造したことに満足していたのに反して、事態を改善できると主張しておきながら全能に対して或る種の幻滅を露呈せざるを得なくなっているときに、どうしてこんな考

＊24　(1841-1935) 合衆国の法律家。合衆国最高裁判所判事。父親シニア (1809-1894) は詩人、エッセイスト。

えが浮かんだのか、と不思議がられるかもしれない。私はお説教をしようというのではないのだ――選挙運動がこういう行動を要求するのである。

「これまで私は大変なちょんぼをしでかしてきましたし、将来何かうまくやれるという自信もありません。ご約束できる全てのことは、やってみるということ位です」と未来の投票人に訴えかけるような候補者を、はたして想像できるであろうか？　そんな者が選出されることはあるまい。だから、私が繰り返しておきたいのは、偽善の説法はご免こうむりたいということなのだ。だからこそ、TVの討論を聴いていると、チェーリ神父のことが脳裡に浮かぶのである。　［2007］

かつてはチャーチルがいたものさ

最近読んだ英国特集の「インテルナツィオナーレ」誌（3月春季号）での論説によると、20歳以下の英国人の四分の一はチャーチルが空想上の人物であり、ガンジーやディケンズもそうだと思っているらしい。（インタヴューを受けた相手が何人かはこの論説は伝えていなかったが）彼らの多くはシャーロック・ホームズ、ロビン・フッド、エリナー・リグビー*[25]を実在人物に入れていた。

私の第一印象では、この調査をあまり真剣には受けとれなかった。第一に、チャーチル、ディケンズについて誤解している若者たちがいかなる社会層の地域に属しているのかを知りたかったのだ。仮にディケンズ時代のロンドンっ子とか、私たちがギュスターヴ・ドレのロンドンの貧困を描写した版画とか、ホガース*[26]の場景に見られる人物にインタヴ

＊25　ビートルズの曲（1966年に発表）。

ューしたとすれば、これら不潔で、粗野で、飢えた人びとの少なくとも四分の三は、シェイクスピアが誰かを知らなかっただろう。人びとがシャーロック・ホームズやロビン・フッドが実在したと思っても、私は驚かない。なぜなら、ロンドンにはベイカー・ストリートのホームズの推定住居を訪ねさせる工房が存在するし、ロビン・フッドのモデルとなった人物は実在したからだ。彼を非現実にさせている唯一のこと、それはこういう封建的経済の時代には金持ちから奪ったものを貧者に分け与えていたのに対し、市場経済の到来とともに、貧者から奪った物を金持ちに与えるようになったという点だ。

私は幼児の頃、バッファロー・ビル*27は空想上の人物と思っていたが、父の語ったところでは、彼は実在したばかりか、父は彼がサーカスで私らの町［アレッサンドリア］を廻ったとき、じかに目撃したという。バッファロー・ビルは米国西部辺境の伝説から、イタリア・ピエモンテ地方へと生き延びたわけだ。

確かに、最近の過去に関してすら、人びとの考えは曖昧模糊だし、若者に過去のことを尋ねると、このことが分かる。イタリアの生徒を試してみると、アルド・モロ*28は「赤い旅団」の一員だったとか、アルチーデ・デ・ガスペリ*29はファシストの指導者だったとか、ピエトロ・バドーリオ*30はパルチザンだった、などと思っている者がいる。これは昔の話だとおっしゃるかもしれないが、18歳の人びとが、生まれる

＊26　ウィリアム（1697-1764）『残酷の４段階』（1751）という４枚組の彫版がある。

＊27　（1846-1917）米国西部開拓時代のガンマン、本名はウィリアム・F・コディー。

＊28　（1916-1978）イタリアの政治家（キリスト教民主主義党員）。1963-68、1974-76の２回にわたり首相をつとめた。

＊29　（1881-1954）イタリアの首相。第二次大戦中は反ファシズム運動に従事した。

＊30　（1871-1956）イタリ王国の首相をつとめた。

50年も前に誰が政権を掌握していたかを知るはずもなかろう。そう、10歳のときにはひょっとしてファシストの学校がよくこういうテストを行ったために、20年前のローマ進軍*[31]時の首相がルイージ・ファクタ*[32]だったことを私は知ったし、18歳のときにはウルバーノ・ラッタッツィやフランチェスコ・クリスピ*[33]のような政治家がどういう人物だったかや、彼らが19世紀に属していたことも知ったのである。

私たちと過去との関係は、たぶん学校においてさえ変化したのだ。かつては、現在についてのニュースがあまりなかったから、過去に大きな関心を抱いたのだ。新聞は何でも8面にわたって報じていた。今日では、マスメディアが登場したため、現在に関する厖大な情報量が存在するし、インターネット上ではまさにこの瞬間に起きつつある幾百万もの（ほとんど無関係な）事柄について、いかに多くの情報があふれているかを考えるだけでよい。マスメディアに採り上げられるような過去——たとえば、ローマ諸皇帝の業績とか、リチャード獅子心王*[34]とか、第一次世界大戦——はハリウッドや似かよった産業を通して眺められるし、さらに、今進行中の事柄については情報の洪水で溢れているし、スパルタカス*[35]とリチャード獅子心王との時代の違いを、映画観衆が認識するのは困難だ。

同じく、想像と現実との違いはぼやけているし、少なくとも、その意義を失っている。TVの映画を観て、スパルタカスが実在し、『クオ・ヴァディス』*[36]の中のマルクス・ウィニキウスが実在せず、カスティリ

＊31　ベニート・ムッソリーニが1922年10月に政権奪取のために行ったクーデター。
＊32　（1861-1930）ジャーナリスト。ムッソリーニ政権以前の最後の首相。
＊33　（1819-1901）
＊34　（1157-1199）プランタジネット朝のイングランド王（リチャド1世）。
＊35　スパルタクス剣闘士に関する映画（1960）。
＊36　ヘンリク・シェンキェヴィチ（1846-1916）の小説。

オーネ伯爵夫人*[37]が歴史的人物であり、エンマ・ボヴァリー*[38]がそうではなかったことや、イヴァン雷帝*[39]が実在し、モンゴの暴君ミンが実在しなかったなどと、はたして子供が思うだろうか？（両者は互いによく似通っている以上は）

アメリカの文化では、過去と現代とをこのようにならすことは、はなはだ気軽に行われているし、こんなことを言う哲学教授に出くわすこともある──私たちに興味があるのは認知科学が今日発見しつつあることなのだから、デカルトが私たちの思考法について何か言うべき事があったかどうかは知る必要もない、と。しかし彼は忘れているのだ──認知科学が現状に立ち至ったのも、17世紀の哲学者とともに実は特別な議論が始まっていたのに、とりわけ、過去の経験から現在のための教訓を引き出すことに失敗しているからなのだ、ということを。

多くの人びとは、古諺（こげん）──「歴史は人生の師匠なり」──を陳腐なこととして忘却しているが、私たちとしては確信をもってこう言えるのだ──もしもヒトラーがナポレオンのロシア遠征を入念に研究したとしたら、彼がはまった罠には陥らなかっただろうし、ジョージ・W・ブッシュが19世紀のアフガニスタンにおける英国の戦いを適正に研究したとしたら、あるいは対タリバンのごく最近のソ連の戦争を研究したとしたなら、彼のアフガン戦役を違ったふうに計画したことであろう、と。

チャーチルを想像上の人物と思った英国の愚か者と、２週間で戦争を決着させられると確信してイラク侵攻を行ったブッシュとには、大差があると思われるかもしれぬが、実は大した差はないのである。彼らは両方とも同じ現象の実例なのだ──つまり、歴史への視点が欠落していた

＊37　(1837-1899) ナポレオン３世の愛妾。フランスでは、ラ・カスティリオーヌと呼ばれた。

＊38　フローベール『ボヴァリー夫人』の女主人公。

＊39　イヴァン４世 (1530-1584) モスクワ大公。初代ツァーリ。

ということである。　　　　　　　　　　　　　　　　　　[2008]

若者を殺したとて相互の利益になるわけがない

「エスプレッソ」紙最新号では、とりわけウィキリークス*[40]により発足した透明性を期す外交場裡での若干の成り行きを想像して楽しませてもらった。SFにおける漠たる空想だったのだが、その前提とする出発点は明白であって、どんなに内密の文書であれ、今や接近可能であり、少なくとも文書管理法では何かが変わらざるを得なくなるであろう。

だから、新年の初頭から、終末論的な見方で誇張しつつも、否定し難い何らかの真実の抽出を試みようとしないわけにはいくまい。とどのつまり、聖ヨハネはこうして不滅の名声を獲得してきたし、今日でもなお、私たちに若干の不都合をもたらしながらも、私たちとしてはまさしく彼が予言したことが生起しつつある、と言いたくなっている。されば、パトモス島*[41]の第二の予言者への候補として、私は名乗り出ることにする。

少なくともイタリアでは（私たちはこの国に限定したい）、老人の数は若者の数よりもますます多くなりつつある。かつては人類は60歳代で寿命を迎えたのに、今日では90歳代になっているから、30年間も年金を余分に使いはたしているわけだ。周知のとおり、この年金は若者が支払わざるを得まい。ところで、老人がかくものうのうと出しゃばるにつれて、多くの公立・私立の機関の幹部にとっては、少なくとも老いぼ

＊40　ジュリアン・アサンジが2006年に創設したウェブサイト。匿名による機密情報を公開。

＊41　聖ヨハネがイエス・キリストから啓示を受けた島として有名。エーゲ海の小島。

れの初期まで（多くの場合その先までも）若者は仕事が見つからないし、したがって、老人の年金を支払うための生産ができなくなっている。

こういう状況下で、この国は市場に人気取りの課税を押しつけても、海外からの投資家はもはやその気にはなるまいし、したがって、年金用の資金を欠くことになろう。とはいえ、計算上では、若者はたとえ職が見つからなくても、両親とか年金受給者の祖父母からの融資で生きねばならないのだ。悲劇だ。

第一の、もっとも自明な解決策。若者たちは子孫の居ない老人たちに対する粛清リストを作成すべきだろう。でもこれだけでは十分でなかろう。生存本能がある以上、若者は子孫のいる老人、つまり、両親をも粛清することを甘受せねばなるまい。これは辛かろうが、慣れればよいだろう。あなたは60歳？　私たちは不死ではないのよ、パパ。「おじいちゃん、バイバイ」を言う孫たちを後にして、粛清キャンプへ向かうあなたの最期の旅に駅までついてくるみんなを、私たちは見ることだろう。仮に老人たちが反抗したとしても、密告者に助けられて、老人狩りが突発することだろう。これはユダヤ人に起きた以上、私たち年金受給者に起きないわけはあるまい。

ところで、いまだ年金受給に至らず、力を保ったままの老人は、はたしてこんな運命を快諾するであろうか？　第一に、当分子息を持つことを避けて、有力な粛清者たちを世に送らないようにするであろうし、その結果、若者の数はさらに減少することだろう。また、結局は産業の長老（および騎士たち（カヴァリエーリ））は、幾多の闘いで鍛えられてきたから、心痛は大きかろうが、息子や孫を消す決心をすることだろう。子孫たちとはちがい、絶滅キャンプに送り込むようなことはしまい（家族や祖国の伝統的価値を依然として保持している世代なのだからだ)。そうはしないで、戦争をおっ始めることだろう。周知のように、戦争はより若い初年兵をすくい取るし、未来派の人びとも言っていたように、戦争は世界の唯一の健康法なのだからだ。

こうなると、私たちの国に若者はほぼ居なくなり、老人だらけとなろうし、彼らは生き生きと繁茂し、寛大にも祖国のために生命を落とした者を祝うために、戦没者に記念碑を建立しようとすることだろう。では、老人に年金を支払うべく誰が働くのか？　移民たちだ。彼らはイタリア市民権を獲得しようと躍起になり、低額で真っ黒に日焼しながら重い荷物を担ぎ、古いかさぶたに覆われて50歳前に死亡し、より新しい働き手に余地をつくることになる。

こうして、2世代の内に、何千万もの“浅黒い”イタリア人が、赤い鼻をした90歳代の白人や恵まれた人たち（ヴェール付きの帽子をかぶり、レースを身に付けた婦人たち）のエリートの安寧を保証することだろう。これらイタリア人は植民地のヴェランダや、湖や、都市の有毒ガスから遠く離れた海沿いで、ウィスキーとソーダをちびちび飲むことだろう。都市に住むのは、もうTVで宣伝される漂白液にどっぷり浸かった、有色のゾンビだけとなろう。

あとずさりしつつあり、しかも進歩はもう退歩と一致しているという、私の確信に関してはどうかと言えば、自明のとおり、私たちが置かれるであろう状況は、インドやマライ群島や中央アフリカの植民地帝国のそれと大差ないであろう。そして、医学の進歩で、110歳の人はサラワク王国の白人貴族（ラージャー）ジェームズ・ブルック[*42]のような気分になることだろう（彼についての子供っぽい伝説は、サルガーリ[*43]の小説を思い起こさせてくれる）。

[2011]

＊42　（1803-1868）イギリスの探検家。ボルネオ島北部エミリオの白人王国サラワク王国の初代国王。

＊43　（1862-1911）ヴェローナ出身。『黒い海賊』（1898）他。

外国人の世代

ミシェル・セール*44は今日のフランスでもっとも鋭い哲学的な頭脳の持主と思われる。彼は全ての立派な哲学者と同じく、現在の諸問題について省察している。私はここでは、最近の「ル・モンド」紙（3月6－7日号）に発表された、彼の素晴らしい論説（私自身の若干のコメントは除いて）をここで恥ずかし気もなく利用させてもらうことにする。その中で、彼が想起している事柄は、若い読者層や、私ら老人にとっての孫世代に関わっている。

手始めに、これらの子供ないし孫たちは、ブタ、ウシ、ニワトリを見たことがないのだ（私の記憶では、30年前のアメリカの調査によると、ニューヨークのほとんどの子供は、スーパーマーケットで見かけるパックされたミルクはコカ・コーラのように製造された産物だと思っていたという）。これら新人類はもはや自然の中で生活することに慣れてはいないのだ。彼らが知っているのは都市だけであり、そしてバケーションに出かけても、滞在する“非場所”*45では、休日リゾートはさながらシンガポール空港そっくりであり、完全に人工的な、様式化されマニキュア化された自然を呈している。これは新石器時代以来、最大の人類学的革命の一つである。これらの子供は超－住民的な世界に生きているのであり、彼らの寿命は今日では80歳に接近しているし、両親や祖父母の長命のせいで、何か遺産を引き継いでも、もはや30歳ではなくて、老年に近づいていることだろう。

＊44　(1930-　) 科学史、科学哲学を専攻。パリ大学、スタンフォード大学、コレージュ・ド・フランス等で教える。

＊45　マルク・オジェ他２名著『非－場所：スーパーモダニティの人類学に向けて』(2017. 叢書人類学の転回) 参照。

ヨーロッパの子供は60年以上もの間、戦争を知らずにきたし、医学の進歩のおかげで、以前の世代のように苦痛を蒙(こうむ)ったことがない。両親は私たちの両親よりも老(ふ)けているし、そのほとんどは離婚者だ。通学すると、傍に居るのは肌の色、宗教、習慣を異にする子供たちだ。それで、セールは疑問を提起するのだ——彼らは(外国人の“不純な血”を指している)「ラ・マルセイエーズ」をどれぐらい歌い続けられるだうか？と。彼らは田園生活、ブドウの収穫、侵略、故人の記念碑、敵の銃弾が貫通した旗、モラルへの切迫した訴えかけ、といったものを知らない以上、どんな文学作品を今なお味読できるというのだろうか？

映像の長さが7秒に短縮され、質問に答える時間が15秒に短縮され、何であれ見られるものはもはや日常生活では見受けられない——血に染った死体、破壊、荒廃状態——、こういう、成人がつくり出すメディアによって、彼ら子供たちは教育されてきたのだ。「大人は20歳になるまでに、すでに2万の殺人行為を見せつけられているのだ。」

子供たちは省略やら外来語のおりこまれた広告(母語の意味を失わせている)から学んでいるし、学校はもはや学びの場ではないし、今やコンピュータに習熟したこれらの児童は生活の大半を仮想現実の世界で生きている。手全体でというよりもむしろ、人差し指で書くことは「もはや同じ神経単位(ニューロン)とか同じ皮質域を刺激したりはしない」し、これらは依然としてマルチタスク*46なのだ。私たち大人が生きているのは、見分けのつく、測定可能な空間の中であるが、彼ら子供たちが生きているのは、近さと遠さがもはや違わない、非現実の空間の中なのだ。

セールは教育の新しい要求を成就する可能性について省察しているが、私はこれは論じないでおく。彼のシナリオはいずれにせよ、大変動の観点からは、ライティングの(幾世紀後にはプリンティングの)発明にも

---

*46　複数の作業を同時に並行して切り替えながら実行すること。

比せられる時期の状況把握を私たちに供してくれている。今日の新テクノロジーは急速に変化しているし、「同時に、身体は変貌しつつあるし、生死は変動しつつあるし、また苦痛と治療、仕事、スペース、居住地、世界内存在*47も変動しつつある」ことを除いての話だが。

ではなぜ私たちはこういう変移の準備をしてこなかったのか？　セールの結論によると、それはおそらく哲学者たちの失策なのであり、彼らの仕事は知識および実践における変化を予告することなのに、十分にやってこなかった。なにしろ「彼らは日常の政治に巻き込まれてきたために、現代性の到来に気付かなかった」からである。私にはセールが完全に正しいのかは分からないが、彼の言い分には真実味がある。　[2011]

うっかり婆さんテレザ

先の「エスプレッソ」誌に私の孫への手紙が載った。その中で私は記憶力の訓練を孫に勧めて、「ぼんやりテレザ」*48を暗（そら）んじさせた。なにしろ孫の世代は個人的記憶も歴史的記憶も忘れる危険があったし、すでに多くの大学生（私は或る統計を引用していたのだが）は、アルド・モロは「赤い旅団」の頭目だと考えていたからだ。手紙を書いたのは12月中旬だったが、ちょうどこの頃に、ユーチューブの情報が現われ、これは80万人のフォロワーを集めたし、他方、情報はさまざまな日常に及んでいたのである。

問題はカルロ・コンティ司会のクイズ番組「レレディタ」（遺産）に

＊47　マルティン・ハイデッガーの哲学概念。人間が存在するというのは、必ず世界内に存在することを意味している。
＊48　イタリアの子供たちが憶えさせられる小話。（作者は不明。）

関わっていた。この番組には、見晴えが良いとか、好ましい性質とか、面白い性格とかといった点から対照的な人たちが招待されており、もちろん、思考力に基づいても選出されていて、ガリバルディがサイクリストだったか、開拓者だったか、指揮官だったか、お湯の発明者だったか、といった挑戦に対して、思慮深く発言するような人たちを登場させるのは回避されていた。

ところで、このコンティは夕べのTV番組で、四名の出演者に対し、「ヒトラーはいつ首相に指名されたか」という質問を提起して、1933年、1948年、1964年、1979年の内から選ばせた。回答者としては、イラーリア（一番若くて可愛い美女)、マッテオ（頭を剃り上げ、ネックレスをつけたごつい体つきの30歳代と思(おぼ)しき男)、ティツィアーナ（やはり30歳代と思われる、愛くるしい若い女性)、そして四番目の出演者（その名前を失念したが、目がねをかけ、クラス一番の気配を漂わせていた）が揃っていた。

ヒトラーは第二次世界大戦末に死んだのだから、答えは1933年でしかあり得なかった（その他の年次は遅すぎていたから)。ところがどうだろう。イラーリアは1948年、マッテオは1964年、ティツィアーナは1979年と大胆にも回答し、四番目の出演者だけは1933年を選ばざるを得なかった（皮肉でなのか、ぼんやりしていたのかは分からないが、明らかに自信は無さそうだった)。

次のクイズでは、ムッソリーニはいつエズラ・パウンド*49を受け容れたのかという質問で、1933年、1948年、1964年、1979年の内から選ばせるものだった。ところが、誰一人として（パウンド家の全員にすらも）エズラ・パウンドが誰かを知らされてはいなかったし、私もエズ

＊49 （1885-1972）詩人、音楽家、批評家。T・S・エリオットと並び称せられるモダニズム運動の中心人物。

ラ・パウンドが何年にムッソリーニと会ったのかを知らなかったのだが、（ムッソリーニの死体がロレート広場に吊るされたのは1945年だったのだから）可能な年は1933年でしかあり得なかった（この独裁者が英米詩発展の潮流にタイミングよく通暁していたことに、私は驚いたのだが）。びっくりしたのは、美女イラーリアがにっこり微笑を浮かべながら、すみませんと断りつつ、大胆にも1964年と言い切ったことだった。

コンティの当惑や──実を言うと──ユーチューブの報道に反応する大勢の人びとの当惑は明白だったが、問題は、20歳から30歳の間の4人（この人たちを同一カテゴリーの代表者と見なすことはあながち不当ではない）に提起された四問が、すべて明らかに彼らの出生以前のものだったし、彼らにとってこれらの質問は一種の過去問に均らされていて、きっと回答の内に1492年が示されていたとしても、罠にはまったであろう、ということだ。

このような、見分けのつかぬ霧の中で過去が均らされてしまう現象は、ほかの多くの時期においても立証されうるし、そのことは、聖母マリアの結婚を、ルネサンス様式の服装をした人びとと一緒に表現していたラファエロのことを考えるだけでよい。しかし、こういう均らしは今日では正当化されるべきではなかろう──情報が、どんな烏合の衆にでさえ、インターネットや、映画や、賞賛すべきRAIの「歴史番組」(Storia)から得られる以上は。先に登場した四名は、ヒトラーが登場した時期と、人間が月面着陸した時期との違いが分からなかったのかも（？）しれない。

アリストテレスのためには、すべてのことは少なくとも一回立証されればそれで良かったし、したがって、ある種の（沢山の？）人びとにあっては、記憶は永遠の現在の中で取り替わされるのであり、そこでは全ての牛は黒いままということになりかねないのだ。だから、ことは世代病に関わっているのである。

私としては希望みたいなものを抱くことにしたい。なにしろユーチューブのニュースは、私の13歳の孫や級友たちがげらげら笑っている間に発信されてしまうが、彼らはそれでも「達者（たっしゃ）なテレザ」のことは記憶の中に留めておけるだろうからだ。

［2014］

Ⅱ．憎悪と死について

Sull'odio e la morte

憎悪と愛について

過去数ヵ月にわたって、私が論じてきたのは人種差別、敵をこしらえること、“他者”ないし“異なる”人びとに対しての憎悪のもつ政治的機能について、だった。全てを言い尽くしたと思っていたところ、私の友人トマス・シュタウダー*1との最近の論議の中で（どちらが言いだしたのかはもう思い出せないのだが、両者の結論は一致していた）、何やら新しい（少なくとも私には新しい）要素が現われたのだった。

私たちはややソクラテス以前の［哲学者たちの］軽妙さでもって、愛・憎という二つの対立物が対照的に相対峙していることを言い表わさんとした――あたかも私たちが好まないものを嫌い、その逆も言える、かのように。けれども、両極の間には無数の陰影があるのだ。この二つの語を隠喩的に用いるとしても、たとえば私がピザを好み、寿司狂いではないという事実は、別段私が寿司を嫌っているという意味ではない。ピザほどに好みはしないということなのだ。二つの語を本来の意味で捉えるならば、私が或る人物を好いていることは、ほかのすべての人を嫌っていることを意味しない。愛の反対物には無関心がぴたり当てはまる。（私は自分の子供を愛しているが、２時間前に車に乗せてくれたタクシー・ドライヴァーには無関心だった。）

だが真のポイントは愛は隔離するということなのだ。仮に私がひとりの女性を狂ったように愛するとしたら、私としては、彼女が私を愛し、

＊1　（1960-　）ミュンヘン生まれ。『追悼ウンベルト・エコ』（共著、谷口編訳、文化書房博文社、2016）159-160頁にも、このコラムが引用されている。本書の「解説」（後出）参照。

他の男たちを愛さない（少なくとも同じようには愛さない）ように期待する。母親はその子供たちを溺愛するし、また、子供たちが自分に特別の愛情を感じることを欲する（彼らにとってはただ一人の母親なのだ）し、他人の子供をも同じように強く愛することは決してないであろう。だから、愛はそれ自体、利己的で、所有欲が強く、選別的なのだ。

もちろん、モーゼの十戒の一つは、隣人（総計では70億）を我が身同様に愛せよと命じているが、この戒律が実践を勧めているのは、誰をも嫌うなということであり、私たちが見知らぬイヌイット人を、私たちの父や私たちの孫に対するのと同じように愛することを求めてはいない。愛はいつもあざらし狩りをする者よりも私たちの孫を優遇するものだ。

他方、憎悪は集団的たりうるし、全体主義体制下ではそうあらざるを得ない。だから、幼時にファシスト的な学校は、私に対して英国（アルビオン）の“すべての”子供を憎悪するよう要求していたし、マリオ・アッペリウスは毎夕ラジオで「神がイギリス人を呪われんことを」（Dio stramaledica gli inglesi）と復誦したのである。

同じことは、独裁体制や人民主義（ポピュリズム）体制や、原理主義の宗教についても言える。なにしろ敵への憎悪は人びとを憤怒で結束させるからだ。愛は心を少数者に向かわせるが、憎悪は私の心や、私の側に立つ人びとの心を、幾百万の人びと、一国家、または一民族集団、または皮膚の色や言語を異にする人びとに対立させる。イタリアの人種差別主義者はアルバニア人、ルーマニア人、ロマ人をすべて毛嫌いしている。北部同盟のウンベルト・ボッシ[*2]は、すべての南部の人びとを嫌っているが、（南部の人々によって支払われる税金から）給料を得ていることは分かっているのである。これはまさしく悪意の権化（ごんげ）であって、ここでは侮辱とあざけりの快楽が憎悪と結びついている。ベルルスコーニ[*3]はすべての判

＊2　（1941-　）北部同盟の初代書記長。

事を嫌って、イタリア人たちも同様に振舞うこと、そして、あらゆる共産主義者たちを（もはや存在しない場所にもわざわざ探し出そうとするまでに）憎悪することを要求してきた。

だから、憎悪は個人主義的なものではなくて、寛大で人類愛的なものなのであり、広汎な大衆を併呑（へいどん）する。物語の中では、愛のために死ぬことは美しいと教えられているのだが、少なくとも私が幼児期の新聞では、憎き敵に爆弾を投下して亡くなった英雄の死は、美しいものとして描かれていたのである。

それだからこそ、われら人類の歴史は、愛の行動によってではなく、ほとんど常に憎悪、戦争、虐殺によって、印しづけられてきたのである。愛の行動は、私たちのエゴイズムの範囲を超えて拡張される場合には、あまり快適ではないし、しばしば退屈なものとなりがちなのだ。[2011]

死はどこへ行ったのか？

フランスの雑誌「マガジーヌ・リテレール」が“文学が死について知っていること”に11月号を割いた。多数の論説を興味をもって読んだのだが、私の知らなかった幾つかのことを別にすると、それらは結局のところ、馴染みの概念を反復していたために失望させられた。文学は——もちろん、愛と並んで——死を採り上げてきた、という。このフランス誌の各論説は20世紀の物語文学でも前期ロマン派のゴシック文学でも、死が現前していることを能弁に論じている。だが、中世の沢山のテクストにおいても、ヘクトルの死とか、アンドロマケの悲しみとか、

＊3　シルヴィオ（1936-　）。9年間にわたり、イタリアの閣僚評議会議長（首相）をつとめた。

殉教者の苦しみとかの記述なら、容易に見つけられたであろう。哲学史が「人はすべて死ぬべく運命づけられている」という、三段論法の大前提のごくありふれた例で始まることは言うまでもない。

思うに、問題はむしろ別だろうし、おそらく、それは人びとが今日では本を少ししか読まなくなっているという単純な事実によるのだろう。そして、私たちは死を扱うことができなくなってきているのだ。宗教、神話、古代儀式は、死がいかに威圧的なものだったかを私たちに知らせてくれている。葬儀や、泣き女たちのうめき、大がかりな鎮魂曲（ミサ）に私たちは馴染んできた。地獄に関する説教によって死の準備をさせられたし、まだ子供のときにも、私はドン・ボスコ*4の『若者の友』（*Giovane provueduto*）の死に関するページを繙（ひもと）くよう勧められたものだ。彼は子供たちに遊びを勧める愉快な司祭だったばかりか、激しくて空想的な想像力をも持っていた。彼が私たちに想起させてくれたのは、どこで死に遭うか――ベッドの上でか、仕事中か、街中か、血管破裂や、粘膜疾患（カタル）や、出血や、発熱や、負傷や、地震、落雷によってか――私たちには知り得ない、ということである。「ひょっとして、あなたがこの考察を読み終えるときにも。」その瞬間には、私たちは頭が混乱したり、目が苦しみに満ち、舌が燃え、あごが閉じ、胸が重くなり、出血し、筋肉が萎縮し、心臓に穴があくのを感じるであろう。

ここからして、良き死への練習を行う必要が生じる――「私の動かぬ足が、私のこの世における生涯が終わらんとするとき……私のかじかんだおののく両手が、おお、はりつけの像よ、もはや御身をつかめなくなり、わが意に反して御身をわが苦しみのベッドの上に落とさせるとき……私の目がかすみ、今際（いまわ）の際（きわ）に恐怖に襲われるとき……私の蒼白で鉛

＊4　(1815-1888) サレジオ会を創設。"Da mihi animas caetera tolle"（私に魂を与えたまえ。他のものは取り去りたまえ）をモットーにしていた。

色の頬が周囲の者たちの同情と恐怖をかきたて、私の毛髪が死の汗で濡れ、頭を上げながら、臨終が近づいたと告げるとき……私の想像力が恐くてぞっとする幽霊に刺激されて、死の悲しみの中に陥るとき……私が五感のすべてを使い果たすとき、……慈悲深きイエスよ、どうか憐れみたまえ。」

サディズムそのものだ、と言われるかもしれない。だが、私たちは若い人びとに今日何を教えたものか？　死は私たちから遠く離れた病院の中で生起すること、人びとはお棺の後から墓地まで普通はついて行かないということ、私たちはもはや死人を目にしはしないこと。もはや彼らを目にはしないのか？　私たちは死人が絶えず吹き上げられ、歩道に押しつぶされ、両足をセメントの箱の中で折り曲げたまま海中深く落下させられたり、頭を丸石の上に突き落とされたり、頭がタクシーの窓ではね返されたりするのを目撃している。でも彼らは私たちではないし、私たちの愛する者ではない。彼らは役者たちなのだ。死は娯楽なのだ――実際にレイプされた少女とか、連続殺人犯の犠牲者のことをメディアが伝えるときでさえも。私たちはバラバラ死体を見ても、死を想起されはしまい。ニュース速報は犯行現場に花をたむけて悲しんでいる友だちを私たちに伝えるし、もっとはるかにひどい残虐好きになると、レポーターは当の母親のドアホンを鳴らして尋ねる――「娘さんを殺した犯人たちをどう思われましたか？」彼らは死というよりも、友情や母親の悲しみを私たちに見せてくれるのだが、こういう悲しみも私たちにはあまり強くは感じられない。

こういう次第で、私たちの直接体験から死が消滅しているために、いざその瞬間が近づくと、私たちはより一層恐くなるであろう。このイヴェントは私たちの誕生以来、その一部を成しているのであり、このイヴェントにはすべての賢者が生涯を通じて馴染ませられてきているのである。

［2012］

幸福の権利

ときどき私が疑問に思っていることがある。それは、価値の危機とか、PRへの屈服とか、TVに映る必要性とか、歴史的・個人的な記憶の喪失とかといった、私たちを悩ましている諸問題——要するに、新聞雑誌のコラムでよく嘆きの的にされているもろもろのこと——の多くは、1776年7月4日の合衆国の「独立宣言書」の不幸な成立のせいではないのか、ということだ。この宣言書では、「大いなる進歩の運命」へのフリーメイソン的な信念をもって、建国の父たち*5は高らかに「万人に生存・自由・幸福追求への権利が認められる」と謳(うた)っていたのである。

よく言われてきたように、これは服従とか、その他同種の厳しい強制への言及とは反対に、幸福への権利を合衆国憲法史上初めて主張したものだったし、一見したところ、実に革命的宣言だった。だがこれはあえて言えば、記号論的な理由により、誤解を生じさせもしてきたのだ。

幸福に関する文献は、エピクロスを手初めとして——ひょっとしてそれ以前にも——無数にあるが、常識に照らしてみるに、私たちの内の誰ひとりとして、幸福が何かということを言い当てた者はいないように思われる。仮にそれが永遠不変の状態と解されるのであれば、生涯を通して幸せで、いかなる疑問も、悩みも、危機もない人を想定するのは、まぬけな人の考え——せいぜい、世間から孤立して、ショックを受けずに、実存の彼方へ赴くというあこがれもなく、生きてゆく人のそれ——に合致しているように思える。ギリシャ神話のプレモンとバウキスの貧乏な老夫婦*6のことが私には思い浮かぶ。だが、彼らとて詩を別にすれば、

＊5　ファウンディング・ファーザーズ（Founding Fathers of the United States of America)。

少なくともインフルエンザか歯痛のせいで、いくらか困惑の瞬間をもたざるを得なかったであろう。

問題がどこにあるかと言えば、絶対的充実としての幸福——言わば、陶酔、有頂天——はごくはかないものであり、偶発的で長続きしはしないということだ。たとえば、相愛の男女にとっての子供の誕生は、ロトを引き当てたときの喜びとか、入賞（オスカー、リーグ戦の優勝杯）や、田舎へのピクニックも含めて、明らかに私たちの感情に該当するものである。だがこうしたものはすべて、束の間の瞬間であり、その後には、恐怖やおののき、苦痛、不安、あるいは少なくとも心配が続くものだ。

さらに、幸福なる観念はいつも私たちの個人的な幸福のことを考えさせるのであって、人類のそれを考えさせることは稀である。それどころか、自分の幸福を追求するあまり、他人の幸福をほとんど案じはしないような感情に捉われることもしばしばだ。恋愛感情とても、往々にして、受け容れられなかった他人の不幸と符合するものであり、自分の征服感に満足して、この他人のことにはほとんど配慮しない。

宣伝と消費の世界にはこういう幸福感が行き渡っており、そこではいかなる提案も幸せな生活へのアッピール、クレンジング・クリーム、ホワイトニング・クリーム、半額のソファー、苦心の後の一杯の酒、家族の幸せの詰ったお肉のケース、美しくて経済的な自動車、他人の嗅覚を気にせずにエレヴェーターに乗れるようにする脱脂綿、といったようなものとして現われている。

私たちが投票したり、息子を入学させたりするときには、あまり幸福のことを考えないが、無用な品物を購入したときに初めて、こうやって幸福達成の権利を満たしたように思っているのである。

＊6　夫婦愛の花言葉にもなっている。夫のプレモンは死んだとき、オークの木、妻バウキスは菩提樹になったという。

では反対のことはいつ起きるのか？――つまり、私たちが心のない獣ではない以上、他人の幸せに配慮するのはいつなのか？　マスメディアが他人の不幸を伝えてくれるときだ。たとえば、黒人たちが蚊に刺されたり、不治の病いに罹(かか)りながら、飢え死にするとか、津波で住民が亡くなるときである。そういう場合には、私たちは少額の寄付金を払う気になるし、よりましな場合には、課税の一部を割り当てる気になるものだ。

してみると、「独立宣言書」は万人には、(私たちのそれをもちろん含めた上で) 世界における不幸のパーセンテージを減らす権利、義務が認められている、と言うべきだったであろうし、そうであれば、多くの米国人は理解すべきだったであろう――無料の医療に反対すべきではない、ということを。ところがこれには反対しているのだ、――こういう突飛な考え方は個人の税負担上の幸せ追求への個人的権利を侵害するように見えるから、との理由から。　[2014]

われらのパリ

パリ虐殺＊7の夜、私は多くの人びとと同じようにTVに釘づけになった。パリの地理にはよく通じていたため、私はいったいどこで事件が起きたのかを把握しようと努め、それが友人たちの家の近くなのか、私の出版社の場所から離れていたのか、いつも通い慣れていたレストランから外れていたのかを知ろうと努めていた。私自身のパリ世界は左岸にあるので、それが遠く離れたパリ右岸で起きたのだと思って、安心したものである。

このことで、恐怖とショックが軽減したわけでは決してなかったが、

＊7　2015年1月9日。エハン塾3分ニュースで流された。

これはちょうど、知人がどことも知れぬ場所に墜落した航空機に搭乗していなかったことを知ったときみたいだった。こんなことはわが都市でも起こりかねない、とその夜はまだ誰も心配し始めてはいなかった。

それでも私としては、バタクラン*[8]が慣染みの名前だと分かったとき、漠然とした不安を感じだしたのだ。ついに思いだした。ここで約10年前、私の小説の一つが紹介され、しかもジャンニ・コシャとレナート・セッラーニによる素晴らしいコンサート付だったのだ。だから、そこに私は居たことがあったし、そこから私は戻ることができたのだ。それから、そのときではなかったが、ほとんどすぐさま、私はリシャール・ルノアール大通りなる名称に気付いた。そこはメグレ警部*[9]が住みついていた場所だったのだ！

こんな驚くべき“現実の”事件が起きていたときに空想的なものを登場させるのは正しくないと言われるかもしれない。でもこの事件はなぜパリの虐殺がこれほど深くみんなの心に刻まれたのかを説明してくれる――恐ろしい虐殺は世界のほかの諸都市でも起こっているのだが。パリという場所は、私たちの多くがまるで故郷のように思っている所なのだ。なにしろ現実の町と虚構の町とが、あたかも両方とも私たちの一部であるかのように、あるいは、私たちがこの両方の町に住んでいるかのように、私たちの記憶の中に溶け込んでいるからだ。

リアルなパリとしては、私にも馴染みの、カフェ・ド・フロール、おそらくはアンリ4世やラヴァイヤック*[10]のパリ、ルイ16世の斬首*[11]、フェリーチェ・オルシーニ*[12]によるナポレオン3世への暗殺計画

＊8　フランス、パリの劇場。ヴォルテール大通に面している。
＊9　ジュール・F・アメデ・メグレ。メグレ警視として知られた。
＊10　1610年5月14日、アンリ4世はパリのフェヌロン通りで狂信者ラヴァイヤックによって暗殺された。
＊11　1793年1月21日、於コンコルド広場。
＊12　(1819-1858) イタリアの貴族でカルボナリ党の活動家。

(1858年)、ルクレール将軍*[13]の部隊のパリ入場（1944年）がある。だがもっともよく私たちの記憶しているものは、(私たちが居合わせなかった）事件とか、書物や映画によるそれらの描出ではなかろうか？

私たちはパリの解放を映画『パリは燃えているか』*[14]や、19世紀のパリをマルセル・カルネ*[15]の『天井桟敷の人々』で目撃するし、同じく、夜のヴォージュ広場に入る実体験は、映画でしか味わえないスリルを感じさせてくれるし、たとえエディット・ピアフ*[16]のことを知らずとも彼女の世界を追体験するし、ルピック通りが私たちに周知なのはイヴ・モンタン*[17]がそこを歌ったおかげである。

私たちはセーヌ川沿いに散歩しながら、古本屋漁りしたり、そこではまた、すでに読んだことのあるロマンチックな散歩を追体験することができるし、ノートル＝ダム寺院を遠方に見るとカジモドやエスメラルダ*[18]のことを考えざるを得なくなる。私たちは、跣足カルメル会の修道院における銃兵の決闘のパリや、バルザックのクルティザンヌ（高級娼婦）たちのパリ、リュシアン・ド・リュバンプレやウジェーヌ・ド・ラスティニャク*[19]のパリ、『ベラミ』*[20]のパリ、フレデリック・モローやマダム・アルヌー*[21]のパリ、壁の上に立つガヴローシュ*[22]のパリ、スワンとオデット・ド・クレシー*[23]のパリ、のことは憶えている。

＊13　フィリップ・ルクレール（1902-1947)「殺戮者ルクレール」として知られる。
＊14　1966年の米仏合作の戦争映画（R・クレマン監督)。フランス・レジスタンスとパリ解放を描く。
＊15　(1906-1996）フランスの映画監督。
＊16　(1915-1963）フランスのシャンソン歌手。
＊17　(1921-1991）イタリア出身のシャンソン歌手。
＊18　映画『ノートルダムのせむし男』(1923）に登場する架空のキャラクター。
＊19　バルザック『あら皮』に登場する老人。
＊20　モーパッサンの小説（1885)。
＊21　フローベール『感情教育』(1869）に登場する。
＊22　ユゴーの『レ・ミゼラブル』に出てくる浮浪児。

私たちの“リアルな”パリは、ピカソ、モジリアーニ、モーリス・シュヴァリエの時代の（今日では想像できるだけの）モンマルトルであるし、そこにはさらに、ガーシュウィンの『パリのアメリカ人』(1926)とか、それのジーン・ケリーとレスリー・キャロンによる記念すべき甘ったるい再解釈（『巴里のアメリカ人』、1951）も含まれよう。また、下水溝を伝って逃亡するファントマのパリや、もちろん、メグレ警部（彼の場合には、私たちは霧の中や、ナイトクラブや、オルフェーヴル埠頭の夜々を追跡することになる）のパリも。

私たちは人生と社会、愛と死について理解した多くのことを、実はこういう想像上の、虚構的だとはいえ、はなはだリアルなパリから学んだということを認めざるを得ない。そして、実際に私たちが住む家よりももっと長く住んできた、私たち自身の家には、このように一撃（ショック）が見舞ってきたのだ。だが、こうしたすべての記憶は私たちに希望をも授けてくれている。なにしろ、パリの空の下、セーヌ川は流れ続ける（la Saine roule, roule）からだ。

［2015］

＊23　プルースト『失われた時を求めて』（1913-1927）に登場。スワンはオデットに誘われてヴェルデュラン夫人のサロンに出向く。

Ⅲ．正しい教育

La buona educazione

誰が一番多く引用されているか？

イタリアの大学の水準が議論になると、話は他の国々で採られている規準に及ぶものである。その一つは、講師ないし或るポストへの候補者を決める際、その人の仕事が何回学会誌で引用されてきたかということだ。詳しい数を提供している機関もあるし、一見したところ、この種のチェックは良い考えのように思われる。でもいかなる数量尺度でもそうだが、これにも限界がある。この規準は、卒業生の数に基づき大学の実力を決めようと提案されもし、ときには利用されもしてきた考え方にやや似ている。多数の卒業生を送り出す大学は一見実力がありそうだが、そういう統計に限界があることは容易に見分けられる。多くの学生を集めるために寛大に履修単位を与えたり、卒論の質をあまり厳しく問わないような最低の大学もあるかもしれぬし、こうなると、数量の規準の価値は否定的になるであろう。水準を強要して、少数精鋭の卒業生を送り出そうという大学はどうか？　より当てになる規準（これとても批判の余地はあろうが）は、卒業生の数を履修登録者数と比較することであろう。100名登録して50名の卒業生しか出さない大学のほうが、１万名の登録者があって、２千名の卒業生を出す大学よりもより実力があり、厳格なように思われよう。

したがって、ただ数量だけの規準には欠点があるのだ。さて、引用数を点検するという問題に立ち返るとしよう。最初に言っておくが、この規準が当てはまるのは、いわゆる社会科学のような、人文系科学における刊行物というよりも、自然科学（数学、物理学、医学、等）の刊行物に対してである。たとえば、私が本を出版して、その中でイエスはフリーメイソンの真の創設者だったことを証明しようとしたとしよう（注

——とどのつまり、大目に見てもらうために、最新の、然るべき書誌〔それらの著作には、特に真剣には受けとめられてこなかったようなものも含まれていよう〕をも私は挙げることができるであろう)。とはいえ、私が外見上では頼りになる資料的裏付けを何とか見つけたとしたら、それは歴史・宗教面の研究分野で大混乱を巻き起こすことだろうし、私の仕事を引用している数百もの論文が出現するであろう。ただし、これら大半の論文が私の本を引用するのは、これを論駁(ろんばく)するためだと仮定してみよう。数量的点検で、はたして肯定的な引用と否定的なそれとを区別しているものがあるだろうか？

では、エリック・ホブズボーム＊1の20世紀小史に関する本のように、しっかりした、筋道の通った著書でありながら、論争・批判を巻き起こしたものについては？　また、これを批判的に論じている人びとからの引用を一切はぶく場合にはいかなる規準が採られているのか？　さらに、ダーウィンを引用した人びとや、今なお引用し続けている人びとの50％以上は、彼が誤っていたと言わんがために引用したし、今なお引用し続けていることを実証しただけで、私たちはダーウィンを教壇から引きずりおろすのだろうか？

仮に規準が数量的なものだけだとしたら、聖杯に関する本を書いてベストセラーになったミカエル・ベイジェント、リチャード・リー、ヘンリー・リンカーンは、ここ数十年間でもっとも引用された著者の内に入ることを認めねばなるまい。彼らの書き物はガラクタの山だが、それでも頻繁に引用されることだろう。規準が数量だけだとしたら、彼らに宗教史のポストを提供した大学は順位表のトップに躍り出るはずだ。

こういう疑惑は人文科学に関して提起されているが、それは多くの場

＊1　(1917-2012) 英国の歴史家。多数の論著がある。『20世紀の歴史――極端な時代』(1994)〔大井由紀訳、ちくま学芸文庫、2018、2巻〕が出ている。

合自然科学に関しても提起されて然るべきなのだ。スタンリー・ポンズ[*2]および同僚たちは、常温核融合（Cold Fusion）に関する批判の多い、おそらく誤っている理論でもって、数年前に学会を震撼させた。彼らは限りないくらい引用されてきたが、そのほとんどはいつも彼らを論駁するためだったのだ。仮に規準が数量だけに限られるとすれば、彼らを真剣に考察せねばなるまい。人によっては、こういう場合の数量的規準は真摯な科学的価値のある雑誌だけに適用されるべきだ、というかもしれない。

だが、（こういう場合、規準はまたしても質的でなければならないことを別にしても）これら真摯な雑誌が学者の述べたことを否定したとしたならば、いったいどうなるのか？　質的な規準がまたしても導入されねばなるまい。けれども私としては、アインシュタインが一般相対性理論を唱えたとき、彼がどれほど多くの批判を浴びたかを検討してみたい。他方では、ビッグバンとして知られている現象がはたして実際に生起したのかどうか、という論争の的になった問題の一つを採り上げてみよう。優秀な学者たちが反対の見解を有していることを私たちは知っている。新しく、ビッグバンを否定する説が出現したとしたら、私たちは依然としてビッグバンを支持している学者たちによる否定的な引用をすべて抹消すべきなのだろうか？

私がこんなことを述べているわけは、自分には出来合いの解決法があるからではなくて、優秀の規準を量的な土台で決めることがいかに難しいかということや、また、質的な要素を導入しても、それが結局のところ、スターリン主義の形式ばった文化——唯物弁証法の原則に同意しなかったり、あるいはルイセンコ学説[*3]を真摯に受けとらなかった者を、

＊２　(1943-　) 米国の化学者。常温核融合研究のパイオニア。
＊３　トロフィム・ルイセンコ（1898-1976）は、環境因子による形質変化が遺伝する、とした。

学会から締め出すことを目的としていた——により利用されたりすれば、いかに危険かということを、強調せんがためなのである。また、私はいかなる規準も存在しない、と主張したがっているわけでもない。指摘しておきたいのは、規準を設けるのがいかに難しいか、そして、これがいかにセンシティヴな問題であるか、ということだけなのだ。 [2003]

政治の正当性

政治の正当性という思想運動は、アメリカの諸大学で、リベラル、ラディカル、左翼の価値観に鼓舞(こぶ)されて生じたものであり、その目的は多元文化主義を認めたり、マイノリティーに対する差別形態を招いてきた、根強い言語上の悪習を減じさせることにあった。“ニグロ”という言い方は“ブラックス”に、さらに“アフリカ系米国人”に変わったし、また同性愛者たちに対して使われていた幾千もの侮蔑語は“ゲイ”に変わった。こういう言語浄化運動は、フェミニストたちのより際立った場合——“歴史”(history)は“herstory”になるべしと主張する(もちろん、ギリシャ語-ラテン語の語源を無視していた。この語は性(ジェンダー)には無関係だからだ)——を含めて、それ自体が原理主義だとの汚名を惹起させざるを得なかったのである。

この傾向はまた、新保守主義的な、もしくは大っぴらな反動的様相をも生じさせた。車椅子の人びとを“ハンディキャップがある人”とか“肢体障害者”(disabled)とは呼ばないで、“能力を異にする人”(differently abled)と呼ぶように決まり、公共建造物への高低差なしの傾斜路が設けられても、それはたんに、問題ではなく、言葉が除去されたことを意味しているだけだ。また、“失業者”(unemployed)を“不定期失職者”(indefinitely jobless)で置き換えたり、解雇された人を

「計画的な雇用の変わり目にある人」と表記したりする言い方も存在する。銀行員でも、こういう称号に戸惑いを感じて、"保留工員"（savings operative）と呼んでくれと主張しないとも限らない。名称を変えればうまくゆくとしたら、その名称が指し示しているものに何か不都合があるからなのだ。

エドアルド・クリサフッリは著書『政治の正当性と言語の自由』（*Il politicamente corretto e la libertà linguistica*）*4において、こういう問題やその他の無数の問題を論じている。この本はこの傾向への賛否の議論や、あらゆる矛盾を検討しており、わけても、これは大変面白い本である。これを読んでいて、私はわが国の奇妙な状況のことを考えさせられた。政治の正当性はよそでも急速な拡がりを見せているが、イタリアでは政治の不当性への関心の方がいつもはるかに大きかった。かつては、わがイタリアの政治家たちは一枚のペーパーを読んで、言っていたものだ——「広く同意されている好みがあっても、それは平行収束政策への好みではなくて、漸近線的選択（これは個々の置換点を排除するものでもある）に続く政策への好みだということは明らかだ」と。ところが今日ではこう言うであろう——「対話だと？　こんな汚らしい雌犬の息子はいったい何者なんだ！」たしかに、ある時点では、第一共産党社会クラブでは、敵は"たかり屋"だと刻印されていたし、議会で熱い議論の交換が行われると、言葉の選択は港湾労働者のそれよりも抑制されていなかったが、しかしこういう場合でも、評判の良くない家（女たちは政治家以上に文字通り控え目ではなかった）で行われているような、一種の行動様式が受け入れられていたのである。ところが今日では、侮辱はTVを通じて伝播されている——民主制の価値への、イタリアのゆるがざる信念のしるしなのだ。 [2004]

＊4　（Vallecchi, 2004）

清書への思い

十日ばかり前に、マリーア・ノヴェッラ・デ・ルーカとステーファノ・バルテッザーギが「ラ・レプブリカ」紙（あいにく印刷されている！）の３ページを割いて、手書きの衰退を省察していた。もちろん、今日では子供たちはコンピュータやテキストメッセージ（SMS）を手にしていて、もはや（ぎこちない大文字以外には）手書きの仕方を知らない。ある教師は（インタヴューで）、子供たちも多くの書き間違いをすると語っていたが、これは別の問題に思える。医者たちはスペルを知っているが、ひどい字を書くし、熟練した書家であっても、満足なスペリングを知らない。

もちろん、私は立派な学校に通い、きちんとした手書きをする生徒のいることは分かっているが、私がここに言及している論説は50％の子供のことを問題にしており、どうやら寛大な運命のせいで、別の50％の子供を私は知っているらしい。不思議なことに、同じことは政治においても当てはまるのである。

ただし困ったことに、事態が悪化しだしたのはコンピュータやモバイルが出現するはるか以前なのだ。私の両親は紙の端をつかみながら、やや手を傾斜させて書くくせがあったし、その文字は少なくとも今日の標準からすると、一寸した芸術品だった。たしかにそこには行きわたった信念――おそらく、悪筆の者たちにより吹聴されたものだろう――、つまり、きれいな清書はばか者の術*5だという信念があったし、明らかに、達筆は必ずしも大いなる知性のしるしではないのである。とはいえ、神

＊５　かつてエコの手書き原稿のcopyを入手したことがある（『テクストの概念』）が、相当に乱雑なものであり、「ブラジル語訳者」はいくつか見落としていた。（訳者）

が意図した（または命じた）とおりに書かれたメモや文書を読むのは、素晴らしいことではあったのだ。

私の世代はきちんと書くことを教えられたし、小学校入学の初め数ヵ月間は、垂直棒の列の中に字を書きつけねばならなかった。この訓練は、後からは退屈で抑圧的なものと思われたけれども、この教えはペリー社[*6]製のデリケートなペン先で、一方は丸くふっくらし他方はほっそりした環をつくるために、手首を固定することにあった。だがいつもというわけではなかった。なにしろペンは、しばしばべたつくインク壺から取り出されたし、私たちの机、練習帳、指、衣服を染めた（きれいになるのに数年かかった）からだ。

危機の始まりは、ボールペンが到来した第２次世界大戦後である。たしかに当初のペン先は厄介だったし、もし書いたばかりの語の上に指をつくとにじみをつけただろうが、きちんと書かねばという衝動はなかった。ところがきちんと書いても、ボールペンでは、ペン先と同じ感情、スタイル、ないし個性を生じさせはしなかったのである。

ではどうして私たちは書道の消滅を嘆かざるを得ないのだろうか？キーボードで明瞭迅速に記すことは、すばやく考えるように励ます。自動スペルチェッカーは、必ずしもいつもというわけではないが、たいていエラーを明らかにしてくれる。スマホを使うヤング世代は「お元気で」（have a nice day）の代わりに、“HAND”ですます。“omnibus”の代わりに“bus”と書いたり、“yours sincerely”（敬具）の代わりに“best”と書くのを見たら、私たち［西欧］の先祖はきっとびっくり仰天しただろうし、キケロが、もしも中世神学者たちがいつか“respondeo dicendum est”[*7]と書き記すのを知ったとしたなら、まっ

＊６　英国の会社（Perry & Co.）。
＊７　「言うべきことをお答えします」の意。

青になったことだろう。

書道は手の動作と、手首および頭脳の間の調整とを教えるものだと言われている。手書きは、それぞれの句が書き記される前にそれを心の中で形づくらねばならぬことを意味するが、とにかく、手書きするにはペンと紙の抵抗により、考えを減速することが求められる。多くの作家は、コンピュータで執筆することに慣れていても、ときにはシュメール人が粘土板に刻んだみたいに、ゆっくり考えるのが望ましいことを知っている。

子供たちはますますコンピュータやスマホで書くようになろう。だが人類はこういう文明が除去したことをスポーツの訓練や美的快楽として再発見することを学んできている。人びとは馬で出掛ける必要はもうないが、依然として馬に乗って通学する者もいる。グライダーはもう流行らないが、3千年前のフェニキア人みたいにセーリングを楽しむ人なら今もいる。トンネルや鉄道があるのに、アルプスの山道をよじ登ることを楽しんでいる人たちがいる。Eメイルの時代なのに、切手蒐集(しゅうしゅう)家が存在している。カラシニコフ銃をもって戦争に赴きながら、のんびりとフェンシングをやって楽しんでいる。

両親にとっては、子弟を学校に送り出して、書道を教えてもらうのは良いことだし、それは子弟が何か美しいものを学ぶためばかりか、上手なサイコモーター技術を推し進めるためにも結構なことだろう。そういうスクールは現に存在する――インターネットで「書道クラス」を検索すればよい。ひょっとしてこういう技術は定職の無い人に良い機会を与えてくれるかも知れない。

［2009］

フェスティヴァルでの顔合わせ

昨秋もイタリアでは、沢山の文学・哲学フェスティヴァルが催された。どの都市もどうやら、初回のマントヴァ文学フェスティヴァルの成功に対抗して、独自のフェスティヴァルを開催したがっているらしい。どの都市も最高の頭脳を欲しており、その或る者はフェスティヴァルからフェスティヴァルへと駆け回っているが、概して被招待者の質はかなり上等だ。新聞・雑誌も興奮し始めているが、それはそういうフェスティヴァルが開催されるからというわけではなくて、スタディアムを満たすだけの聴衆を集めているからなのだ。たいていは聴衆は作家や思想家に耳を傾けるために、一両日を費して他の諸市からやって来た若い人びとである。さらに、こういうイヴェントを行うには、若いヴォランティア・チームが必要となるし、彼らはちょうど、1966年に両親たちがフィレンツェ洪水の後で泥から書物を救出したのと同じやり方で時間を過ごすのである。

だから、私としては或るモラリストたちがこういうイヴェントをば、思想のマクドナルドみたいだと見なしたり、文化を少数エリートにより追求されるときにのみ真摯に受け取ったりするのは、皮相的でばかげていると考える。これは興味深い現象だし、私たちとしては若人たちがどうしてディスコよりもフェスティヴァルに出かけるのか、と自問すべきなのだ。これを、同じことだとは言わないでほしい。朝方2時に文学フェスティヴァルから戻る途中、押し合いへし合いした、エクスタシー状態の少年少女で一杯の自動車の話をついぞ耳にしたことがないからだ。

ここには何も斬新なことはないのだが、ここ数年、こういう関心の爆発現象が起きているのだ。1980年代に遡ると、アドリア海沿岸のカットリカ町立図書館が「今日の哲学者たちが行っていること」(che cosa fanno oggi i filosofi）の標題で（有料の！）夕べを企画したところ、少なくとも半径百キロメートルの遠方から聴衆が殺到したのである。当時もやはり、いったいどうなっているのか、と世人は不思議がったのだった。

これは、パリのバスティーユ広場で華やかに催されている「哲学カフェ」（cafés philosophiques）に比較できると思われる。そこで人びとは、日曜日の朝アブサンを飲んだり、簡単な治療的哲学（廉価な精神分析）に耽るのである。ただし、ここで話題にしている集会では、人びとはアカデミックなディスカッションに聴き入りながら時を過ごすのだ。彼らはやって来て、留まり、帰ってゆくのだ。

したがって、説明には二種類しかない。一つは、カットリカでの早朝集会で論じられたことだ。つまり、若者の多くは軽量な娯楽、（例外はあるが）薄っぺらな記者風な雑誌（半コラムないし10行）、せいぜい深夜12時の後でだけなされる書評TV番組、こういうものに飽き飽きしているのだ。だから、彼らはより真摯な取り組みを歓迎するのである。フェスティヴァルに出かける人びとの数は数百、数千だが、世代のパーセンテージではいまだ僅かに留まっている。彼らはエリートだが、70億人の人口を擁する世界において、エリートが何を意味するにせよ、一つのマス・エリートに変わりはない。自らその人生を決める人びとと、人生を他人に決めてもらっている人びととの間のバランスの中で社会が求めることができるのは、こういう少数者たちだけなのだ。

こうした文化的な集会は、新しいヴァーチャルな社会化の方法が十分ではないことをも示している。もちろんフェイスブックでも、何千ものコンタクトは持てるのだが、結局のところ、完全に酔っ払っているのでない限り、そこにはいかなる現実の人格的接触のオンラインも存在しないことがお分かりになろうし、それだから、人びとは経験を共有したり、私たちと同じ考え方の人びとと顔合わせする機会を探し求めることになるのである。 ［2013］

遅延を楽しむ

20年ほど前に行ったハーヴァード大学での「ノートン・レクチャーズ」でのことだが、私の記憶では、8年前にイタロ・カルヴィーノがこのレクチャーを行う予定だったのに、彼は第6回目の最終講義草稿を見直しする前に亡くなってしまう（これらの草稿は後に英語で *Six Memos for the Next Millennium*（『新たな千年紀のための六つのメモ』）として刊行（1988年）された[*8]。カルヴィーノ追悼文を寄稿した中で、私はまず彼の講義草稿が早くも書かれていたことを賛えたけれども、彼が懸命に急いだからとて、遅延の楽しみを否定していたわけではない、と指摘しておいた。だから、私も講義の中で遅延の楽しみを採り上げることになったのである。

遅延ということは、アンブロ氏なる人物には気に入らなかったし、彼は出版者オランドルフのためのプルーストの原稿『失われた時を求めて』（*À la recherche du temps perdu*）を拒絶して、こう書いたのだった――「私は理解するのに手間どるのかも知れませんが、誰かが熟睡する前にベッドで何度も寝返りする有様を書くのに、30ページを要する、なぞとはとても信じられません。」

このように、遅延の楽しみを拒絶すれば、私たちがプルーストを読むのに妨げとなろう。だが、プルーストはさておき、私が言及しておいたのは、アレッサンドロ・マンゾーニの『婚約者（いいなづけ）』（*Promessi sposi*, 1827）における遅延の代表例である。

ドン・アッボンディオは帰宅の途中、典礼書を復唱していると、会いたくなかったもの――つまり、二人の暴漢の待ち伏せに遭う。ほかの作

＊8　カルヴィーノは1985年に没。

家なら、ただちに読者の性急さに応えて、何が起きたかを語ったであろう。ところがマンゾーニはこの暴漢どもが何者だったかを説明するのに数ページを費し、これを成し終えてから、さらに、ドン・アッボンディオが襟を指でどう触ったか、そして誰か助けに来てはくれまいか、と背後を見やったりしたことを、手間取りながら描述している。そして最後に作家は、チェルヌイシェフスキー[*9]を先取りして、「何をなすべきか？」と自問するのである。

マンゾーニはこういう歴史的詳述のページをわざわざ導入する必要があったのか？　もちろん彼は読者がこんなページを読み飛ばしたくなるであろうことは重々承知していたし、実際、『婚約者』のどの読者も、少なくとも初回に読んだときにはそうしたのである。けれども、ページを繰るのに要する時間すらもが、語り戦略の一部を形成しているのだ。

遅延はドン・アッボンディオばかりか、読者に対しても苦痛を増大させるし、このドラマをより忘れがたくする。『神曲』とても、遅延の物語ではないのか？　ダンテの夢の旅は一夜だけかもしれないのだが、最終の神格化（理想）に到達するためには、私たちは百もの歌篇を通過しなければならないのである。

遅延の術はあわてずにゆっくりとした読者を前提とする。ウッディ・アレン[*10]は斜め読みの速読法（quick reading）について語る際、大体こう結論していた——「私は『戦争と平和』をそうやって読んだ。話はロシアのことだった。」

アンナ・リサ・ブッゾーラの『急いでいるときのゆっくり読み』（*Lettura lenta nel tempo della fretta,* Scripta, 2014）はゆっくりした読み方

＊9　（1828-1889）ニコライ・ガヴリーロヴィチ。小説『何をなすべきか』（1863）がある。（伊語原書ではレーニンが挙げられている。）

＊10　合衆国の映画監督、小説家。

についての本であるが、彼女はよりゆっくりした読み方に戻ることを望んでいるだけではない。彼女はこの問題を現代生活の慌ただしさや、最近の人類学研究とリンクさせているのだ（中心課題を、“スローフード”*[11]をも含む健康的な実践に据えている）。

文学に立ち返って、ブッゾーラはジェラール・ジュネット*[12]、ヴィクトル・シクロフスキー*[13]等の説を検討し、さらに、ハビエル・マリーアス、イアン・マキューアン、ヘスアルド・ブファリーノ、エッリ・デ・ルーカ、ジョゼー・サラマーゴ、ミラン・クンデラ、フィリップ・ドレルム、パオロ・ルミス、アレッサンドロ・バリッコ*[14]の諸作品を詳しく分析している。この真摯な概説者は、寛大にも私のことや、拙著の無数のリストをゆっくり眺める楽しみについても言及してくれている。

本分析は、遅滞術におけるテクニックの現象論を生起させている。この術は読者をしてよりゆっくりと読みたくさせるものなのだ――誰かが熟睡する前に、ベッドでいかに輾転反側しうるかを理解するのに、たとえ30ページ以上も読まねばならないとしても。　［2014］

文科高等学校を閉鎖するのか？

11月14日、（アルマンド・スパターロのような判事を主審にして）トリーノにおいて公判が行われた。訴えられていたのは文科高校（liceo classico）*[15]である。検察局長アンドレーア・イキーノはふんだんな証

＊11　イタリアのカルロ・ペトリーニが1986年に提唱した国際的な社会運動。（ファストフードに対抗するもの。）
＊12　（1930-2018）『フィギュール』３部作がある。
＊13　（1893-1984）『言葉の復活』（1914）等。
＊14　イタリアの小説家、劇作家。『ホメロス、イリアス』（2004）がある。

拠と統計をもって、この告訴を提出した。その一。古典高校が科学的な研究や職業に対しても良い準備となるというのは本当ではない。その二。専ら人文系科目だけを学ぶ学生は部分的な認識しか身につかず、したがって、現実を曲解する危険がある（ただし、イキーノはこういう事態は科学・技術一本やりの学生にも生じうることを誠実に認めた）。その三。古典高校はジェンティーレ*16のファシスト的改革から生じたものである。その四。法廷が古典高校を完全無罪としたのは、おそらく、告訴状がはなはだ断定的なやり方で作成されたからであろう。たとえば、有名な証人たちの証言では、ジェンティーレの改革は先行するリベラルな形の改革を踏襲したものであり、ファシスト的雰囲気には嫌われていたものだった。仮にそうだとしても、ジェンティーレ改革には、科学課目には然るべき配慮を払わずに、優れて人文系の研究を指向するクラスを設けようとしたという欠点があったことになる。

私は擁護者として弁護したし、私の口頭弁論においては、多くの告訴の言い分を認めながらも、こう付言しておいた――ジェンティーレの古典高校は、科学に対してばかりか、芸術史や現代諸語に対してもあまり余地を与えてはいなかったのだ、と。死語に関してなら、８年間ラテン語を学んだ後でも、私の時代の学士志願者たちは、概してホラティウスを一目で読解することもできずに古典高校を去ったということも。少し前までヨーロッパの学者たちがやっていたように、どうして初歩のラテン語でもって議論するのを教えようとはしないのか？　古典高校の学士志願者はラテン語学者になる必要はない（こんなことは大学の仕事だ）が、ローマ文明がどういうものだったかを理解したり、語源を突き止めたり、多くの科学用語のラテン語（およびギリシャ語）の語根を理解し

＊15　古典ギリシャ語やラテン語を教えるのを主目的としている。
＊16　ジョバンニ・ジェンティーレ（1875-1944）。イタリアの哲学者、政治家。

たりすることができるべきだし、こういうことは、（より容易で馴染み深い）教会ラテン語や中世ラテン語の読解に習熟させることにより、習得できるのである。

また、ラテン語の語彙やシンタクスと、現代諸語のそれらとの有用な比較を行うようにしつけることによっても習得できる。さらにギリシャ語に関しては、専門家にとってさえ困難なホメロスを学生に強いておきながら、ヘレニズム期のギリシャ語コイネー（たとえばアリストテレスの自然学の一書）の翻訳をすることを奨励したり、キケロでも話せたこの言語（ラテン語）について努力させたりしない理由はなかろう。

人文系科目も欠かさないような、人文－科学系高校を思考することだってできよう。振り返ってみるに、初期コンピュータを組み立てたパイオニア、アドリアーノ・オリヴェッティ*17はもちろん、コンピュータの技師や当初の天才を採用していたのだが、クセノフォン*18について優等の（cum laude）卒論を書いたような立派な卒業生をも採用していたのである。オリヴェッティは、技師がハードウェアを考案するのに不可欠なことを了解していたのだが、また新しいソフトウェア（つまり、プログラム）を発明するためには、文学や哲学で訓練させた、創造性の冒険に馴れた人物が必要なことも分かっていたのだ。そして私としては、今日の新しいアプリケーションソフトウェア（apps）を発明している大勢の若者たち（以前存在しなかった職業で大成功している）が、はたして人文系情報科学から出てこないとも限らないのではないか、と自問してきたのである。

私は情報科学のことだけを考えているわけではない。古典教育を受け

＊17　1908年カミッロ・オリヴェッティが創業し、1933年長男アドリアーノが事業を継承した。

＊18　古代ギリシャの軍人、哲学者、著述家。ソクラテスの弟子の一人。

るということは、歴史や記憶を考えてみることを意味する。テクノロジーは現在においてのみ生きることができるのであり、歴史の次元をますます忘却してゆく。ツキディデスが古代アテナイ人や混乱の成り行きについて語っていることは、現代政治の多くの成り行きを把握する一助ともなるのだ。ブッシュが立派な歴史家たち（合衆国の大学には存在している）の本を読んだとしたら、どうして19世紀の英国人やロシア人がアフガニスタンを制御したり支配したりすることに成功しなかったのか、その理由を理解したであろう。

他方、アインシュタインのような偉大な科学者たちは、しっかりした哲学的教養を背負っていたのだし、マルクスにしても、デモクリトスに関する卒論で世に出たのだった。だから、古典高校を改革してもこれを残すことにしよう。それはこれまで想像だにされなかったことを想像することを可能にするし、大建築家をただの建築屋と区別させてくれるからである。

［2014］

Ⅳ．書物論、その他

Sui libri e altro

『ハリー・ポッター』は大人には不向きなのか？

私は２年ほど前に、『ハリー・ポッター』について、一つの「ミネルヴァの知恵袋」欄(コラム)を書いたことがある。当時は初めの三巻が出ており、英語圏では子供たちがこういう魔法物語で道徳上害されはしまいか、また、オカルト的な偶像にまじめに引きつけられはしまいか、と論議されていた。

今や映画化で地球的現象になったため、数週間前に眺めたイタリアの座談会では、有名な奇術師、カトリック神父、悪魔払い祈祷師がゲスト出演していた。エド・ウッド[*1]でもホラー映画で採用しなかっただろう魔法使いの衣装に身を包んだ奇術師は、自分と同類たちのこのたびのプロモーションをたいへん喜んでいたのに対し、神父のほうはポッター・シリーズが悪魔の考えを植えつけると感じた。大半のパネリストは穏健だったし、白魔術であれ黒魔術であれ、魔術をナンセンスだと見なしながらも、それを信じる者を由々(ゆゆ)しきことと感じていたが、悪魔払い祈祷師のほうは、白であれ黒であれ、あるいはお笑いであれ、あらゆる形の魔術(マジック)を悪魔の仕業(しわざ)として真剣に受けとめるべきだと考えていた。

これがわれわれの風潮だとしても、私としては『ハリー・ポッター』のために遠慮なく語るべきときがきたと思う。たしかにこの物語シリーズは奇術師や魔女についての話なのだが、これが大成功したのは、子供たちというものが、いつも妖精や小びとやドラゴンや魔法使いを好んできたからだ。とはいえ、誰も『白雪姫』[*2]が悪魔の仕業の所為(せい)だとは思

＊１　米国の映画監督。1978年アルコール中毒死した。
＊２　1937年の米国映画『白雪姫と７人の小人たち』。監督はＤ・ハント。

わなかったのである。この物語が成功を収めてきたのは、作者が賢明な計算や驚くべき本能を発揮して、真に原型的な語り状況をうまく再現したからなのだ。

ハリー・ポッターは悪の力により殺害された二人の善良かつ親切な魔術師の息子だったのである（当初はこのことを知らなかったのだけれども）。彼はさもしくて横暴なおじ・おばの家で孤児として育てられてから、自分の本当の性質と天命を見いだし、若い魔法使いや魔女のための学校に入れられ、そこでめざましい冒険をしでかす。

この物語のプロット構造は一流の古典的なものである。幼くて優しい子供を引き受け、あらゆる類の苦難にかけさせ、自分の高貴な背景や、大いなる運命を分からせる。ここで読者は「みにくいアヒルの子」*3や「シンデレラ」*4ばかりではなくて、「オリヴァー・ツイスト」*5や、エクトール・アンリ・マロ*6の小説「家なき子レミ」にも出会う。ホグワーツ魔法魔術学校で、ハリーは魔法の飲み物の作り方を学び、英国寄宿学校（ここでは生徒たちがアングロサクソンのスポーツの一つをして遊んでいる）に馴染むことになる。ドーヴァー海峡側の読者たちはルールが分かっているのでこれに魅せられるし、逆に大陸側の読者たちはルールが分かっていないので魅せられる。だが、もう一つの原型的状況はフェレンツ・モルナール*7の小説『パール街の少年たち』*8のそれだ。ほかにも、ヴァンバの『ジャン・ブラスカの日記』*9（1990）みたいに、常軌を逸した、邪悪ですらある教師たちに反抗する勢力に加わる生徒も

＊3　アンデルセン原作の童話。(1939年にリメイク作品)
＊4　『灰かぶり姫』1950年に映画化。
＊5　Ch・ディケンズの原作。ポランスキーが映画化（2005）。
＊6　(1830-1907) フランスの小説家。
＊7　(1878-1952) オーストリア＝ハンガリー帝国出身。
＊8　ブタペストの下町を描写した小説（1907）。
＊9　池上俊一訳（平凡社ライブラリー）が出ている。

出現する。さらに、生徒たちは飛ぶほうきで遊んでいるし、ここでは、「メリー・ポピンズ」*[10]や「ピーターパン」*[11]も見られる。

最後に、ホグワーツは児童書に出てくる謎めいた城の一つみたいであり、そこでは少年たちは半ズボン姿であり、少女たちは長い金髪をしている。彼らは不真面目な役人や、だらけたおじや、ならず者一味のふるまいを暴露したり、ついには宝石、失われた文書、秘密の部屋まで発見するに至っている。

ハリー・ポッター・シリーズには、怖ろしい呪文とか身の毛がよだつような動物が出現する（この物語は映画のモンスターや日本の漫画映画で育った若者たちを相手にしている）のだが、それでもこういう子供たちはボーイスカウトのように大義のために闘ったり、廉直な教師に耳を傾けたりして、ちょうどエドモンド・デ・アミーチスの無比の19世紀児童書の古典『クオーレ』（1886）*[12]が与えるのと同じ好感度を生みだしている。

魔法物語を読んだ児童が、（逆の感情を抱きながらも）魔術師や悪魔払い祈祷師が考え出したチャットショーにほかならぬ魔法を信ずる大人になる、なぞと本当に想像できようか？　たしかに私たちは全員が人食い鬼や狼（オオカミ）人間に対して健康的な怖れを抱いてはいるが、ひとたび成人すれば、毒リンゴよりもオゾン層の破れ穴を恐れることを学んでいる。そして、幼児のときには赤ん坊がコウノトリによって運ばれてくると信じたとしても、このことは、大人になってから、赤ん坊をつくるための、より便利かつ快い方法を見つけだすことの妨げになってはいない。

本当の問題は、やがてほかのあまり架空ではない悪党のことを学ばね

＊10　ディズニー・カンパニー製作のミュージカル映画（1964）。パメラ・L・トラヴァースの原作『メアリー・ポピンズ』（1934-88）に基づく。
＊11　J・M・バリーの戯曲『ピーター・パンとウェンディ』の主人公。
＊12　日本では『母をたずねて三千里』の原作としても知られている。

ばならないのに、ピノッキオの「狐や猫」の話を信じて育った子供たちではない。もっとやっかいなのは、大人たち——少年少女時代に魔法物語を読まなかったのだろうが、TVチャンネルのおかげで、茶がらとかタロットカードの読み手を訪ねたり、黒ミサに参加したり、水晶透視者や、ヒーラーや、瞬間移動を行う者や、霊媒師や、ツタンカーメン・ミステリーの暴露者を訪ねたりしたくなる人たち——のほうなのだ。そして挙げ句の果ては、彼らは魔術師たちを信じて、ついには「狐や猫」さえ信じるに至るのである。 [2001]

テンプル騎士団から身を守るには

テンプル騎士団に関する本を2冊入手した。一冊は300頁、もう一冊は僅か60頁。どちらも全くでたらめである。これはユリウス・カエサルの伝記とか、ピルグリム・ファーザーズ（巡礼始祖）の歴史とかを紹介する一つの奇妙なやり方なのかもしれないが、テンプル騎士団では、まずスタートから注意しなくてはならない。

なにがしか金もうけをしたがっている出版者だとしたら、テンプル騎士団についての本をものする三文文士を見つけることだ。あなたが組み立てる事実が歴史的にありそうもないことであればあるだけ、ミステリーものを購入したがっている読者が沢山見つかるであろう。でも、テンプル騎士団に関する本が信頼すべきものなのかどうかを知りたければ、目次を眺めればよい。その本が第1次十字軍で始まり、1314年の火刑で終わる（せいぜい或る程度の懐疑をもって後代の伝説を伝える付録だけ付いている）としたら、その本はたぶんまじめなものだろう。ただし、今日のテンプル騎士団に自信たっぷり行き着いているとしたら、その本はいかさま物だ。＊13

つまり、その著書が、この神話がどのようにして始まり、展開したのかについて、歴史的説明をしようと欲しない場合である。このテーマに関してのもっともよく資料的に裏付けられた著作は、依然としてルネ・ル・フォレスティエの『18、19世紀のテンプルおよびオカルトのフランス・フリーメーソン』（*La France-Maconnerie templière et occultiste au XVIIIe et XIXe siècle*, Aubier, 1970）である。でもこの神話の展開を現代オカルティズムのもつれた森――グノーシス派、悪魔的友愛団、心霊論者、ピュタゴラス教団やバラナ学団、照明派、フリーメイソン、UFOハンターたち――の中に追求しようとするなら、マッシモ・イントロヴィニェの『魔術師の帽子』（*Il cappello del mago*, Sugaro, 1990）を読むとよい。もし歴史に裏付けられて、つりあいのとれた要約――試練時代から現代に至る――を求めるのであれば、フランコ・カルディーニの『聖堂の謎――秘教説とテンプル騎士団』（*I segreti del tempio : Esoterismo*〔「歴史と関係書類」（Storia e Dossier、2000年4月号）付録〕を調べればよい。いずれにせよ、“真の”テンプル騎士団史なら、ジャン・ファヴィエの『フィリップ美王』（*Philippe le Bel*, Jouvence, 1982）やアラン・ドミュルジェの『テンプル騎士団の盛衰（1120 − 1314）』（*Vie et mort de l'ordre du Temple, 1120-1314*、伊訳：Garzant, 1987）、ピーター・パートナーの『テンプル騎士団とその神話』（*The Knights Templar and Their Myth*、伊訳：Einaudi, 1991）が有益だとお分かりになろう。

テンプル騎士団がなぜかくも多くの伝説を鼓舞したのか？　それは彼らの歴史がシリーズのフィクションものだからなのだ。修道騎士団を創り出し、彼らに異常な戦功を挙げさせ、大金持にし、（国中の国みたいなものから免れたがっており、真偽とりとめもない噂をあちこちから集めようとしている宗教裁判官たちを見つけて、彼らを恐るべき陰謀のモ

＊13　エコ『フーコーの振り子』でも、テンプル騎士団が大活躍している。

ザイク、醜い犯罪、名状しがたい異端、魔法やかなりの同性愛へと仕込みたがっている）王を見つけ出すこと。それから、容疑者たちを逮捕し拷問にかけ、彼らに知らしめるのだ——告白する者は生命を救われるが、無実を言い張る者は火刑に処されることを。犠牲者本人が、あなたの異端審問の虚構や、その後に続く伝説を一番先に正当化することだろう。

この騎士団の歴史はこの時点で悲劇的な終止符を打ち、それから、今日まで存続するであろう、別の政治的・イデオロギー的審判の初まりを画することになる。だが、こういう残酷な抑圧の後でどうしても次のような疑問が持ち上がる。処刑を免れたテンプル騎士団員には何が起きたのか？　恐るべき仕事をすっかり忘れようとして、どこかの修道院で生涯を終えたのか？　それとも、全ての裏切者と同じように疑い深いために、自ら再建した秘密結社は、幾世紀を経て、ますます秘密主義に陥り、枝分かれするようになったのか？　後者の仮説は歴史の裏付けはないのだが、歴史ファンタジーのとりとめもないゲームを促すことはできよう。

インターネットを眺めると、現代のテンプル騎士団が今なお活躍していることが分かるであろう。誰であれ、伝説を私物化するのを停止させる法律は無い。誰でも自分がイシスおよびオシリスの高僧だと自称することは可能なのだ——とどのつまり、もはやこういう人間に挑むファラオは居ないのだから。だから、もし歴史ファンタジーをお望みならば、センセーショナルな似非歴史家ルイ・シャルパンティエの『シャルトル[*14]大聖堂の謎』（*The Mysteries of Chartres Cathedral, Thorsons*, 1983）とか、ロバート・L・ジョンの『ダンテ』（Dante, *Springer,* 1946［独訳］）——ダンテがテンプル騎士団員だったと主張しており、「《地上に散在する》ベアトリーチェの四肢は……（繰り返すが）この最高貴な貴婦人が明らかにグノーシス主義の名前で示唆している、精神的なテンプル騎士

＊14　フランス、オルレアン地方の都市。

団の、イタリア全土に散在する夥しい四肢なのだ」という――を参照するとよい。

でもこの時点で、お好みとあれば、もっとも図々しい歴史ファンタジー、マイケル・ベイジェント、リチャード・リー、ヘンリー・リンカーン共著の『聖なる血と聖杯』（*The Holy Blood and the Holy Grail*, Jonathan Cape, 1982）をすぐ参照されよ。彼らの不真面目な幻想はあまりにも歴然としているから、予防接種された読者ですらもたっぷりと、はったりゲームを楽しめるであろう。〔2001〕

ランブルゴ[*15]の老人の耐えがたき軽さ

まず最初に人物を特定する必要があるのだが、これはたやすくない。たとえばパオロ・デ・ベネデッティだ。この名前が指し示しているように、彼はユダヤ起源だが、どれほど前か分からぬ以前にクリスチャンの家に生まれ、クリスチャンとしては彼は極めて宗教的な精神の持ち主である（多数の著作があり、宗教をテーマとしたシリーズを監修している）。これまでにいなかったほどのユダヤ的なクリスチャンであり、当然ながら、神学部で聖書学者およびユダヤ問題の教授をつとめた。これだけではなく、かつて居なかったほどのタルムード[*16]精神の持ち主であり、かつて私がボンピアーニ社で一緒に仕事をしていたときの話でもそれを証明している。デ・ベネデッティは『著作・人物辞典』（*Dizionario delle opere e dei Personaggi*）に従事していたとき、ピエール・ティヤー

＊15　北伊ロンバルディーアのコモ地方に所在。

＊16　聖書（旧約聖書）、ミシュナ（口伝律法の集成）と並ぶユダヤ教の聖典。ミシュナ本文と、それについての律法学者による議論・解釈（ゲマラ）を集大成したもの。

ル・ド・シャルダン*[17]について、(フランス人と思われる) ある専門家に、最新情報を尋ねると、就中シャルダン名称基金が「サヴォイア家のマリーア・ジョゼ殿下」により運営されているとの回答があった。

ジャコバン主義*[18]の精神からというよりも、百科事典編者の自然な節制から、デ・ベネデッティは「殿下」をはぶいて、「サヴォイア家のマリーア・ジョゼ」だけにした。この項目の当人は明らかに君主制支持者だったし、彼は書簡を寄こして、この検閲を烈火のごとく非難し、こう書いていた――「よろしいですか、王位、王権は決して消えないものなのですぞ。」すると、デ・ベネデッティはこう返事をしたのである――「でも、王女は即位されていませんよ。」現にヴィットーリオ・エマヌエーレ3世*[19]、ウンベルト2世*[20]の治世と、共和国宣言との期間にはいかなる"陛下"(sacre) も存在しなかった、つまり、戴冠式はなかったのである。形式は形式だし、典礼は典礼なのだ。だから、相手はもう何も反論できなかった。ところで、この種の人ははたして骨の髄までタルムード学者ではないのかどうかを、はっきりしていただきたい。

こういうタイプの人が、生涯を聖典に捧げたとしても、世俗的な何かほかの趣味を避けることはできないし、その人の趣味は、ややカバラ*[21]的な訳のわからぬものとなろう。(研究したり書いたりしているという意味では) 彼は五行戯詩(リメリック)やナンセンス文学に興じているし、さらに余白や後世をも開拓している。それだから、ボンピアーニ社に対してはT・S・エリオットの詩集『キャッツ――ポッサムおじさんの猫とつき合う

---

*17 (1881-1955) フランスのカトリック司祭。
*18 急進的平等主義。
*19 (1869-1947) サヴォイア朝第3代のイタリア国王。
*20 (1904-1983) イタリア王国の第4代国王。
*21 ユダヤ教の伝統に基づいた創造論、終末論、メシア論を伴う神秘主義思想。

法』（*Old Possum's Book of Practical Cats,* 1939）を翻訳させたりしていたのだ。

さらに、彼はフェルディナンド・インカリガ（私が入手した1860年版では、インガリカとある）のような無責任な天才にも打ち込んでいる。デ・ベネデッティはこう表記しているが、彼は戸籍簿上の誤りに固執しているのである。とはいえ、もし「モーセ五書」（トーラー）のたった一文字でも変われば、世界は炎熱の中で消滅するかも知れぬことを知るべきであろう。

インガリカはサレルノの判事であって、全くまじめに書いていたし、こんなタイプのアナクレオン風の格言詩をいかがわしいコミックに堕したりは決してしていない――「天文学は楽しい科学だ／人に測らせる／星くずや太陽や月球を／またそこに居る者を見させてくれる。／そこにたどり着き、汝は探る／世界の松明（たいまつ）をしっかりと。／この丸い球の調和は／ただ神だけに委ねられているのだ。」

こういうたまげた誘惑を前にして、デ・ベネデッティは同じような模倣へと駆り立てられるのだ――「びんもこんなもの／牛乳の周りに置かれるのだ。／だが誰かがびんを叩くと／何たることか！　もはや姿を消している。」＊[22] あるいはまた、「ミイラとはこんなもの／防腐処理して／保存される／大ピラミッドの中に。」＊[23] 最後に、「記念碑とはこんなもの／公園の中に設置されるのは／市民たちに教えるため／ほら頂上にはガリバルディが鎮座ましましている。」＊[24]

＊22　"Stronomia è scienza amena—che l'uom porta a misurare—Stelle, Sol, e'l glob' Lunare—e a veder che vi è la sù,—Quivi giunto tu scandagli—ben le Fiaccole del Mondo :—l'armonia di questo tondo—riserbata a Dio sol'è."

＊23　"La bottiglia è quella cosa / che si mette intorno al latte: / se però qualcuno la batte / Ahimé lasso ! Non c'è più."

＊24　"È la mummia quell'arnese / che veniva imbalsamato / per restare conservato / dentro a grandi piramìd."

ナンセンスな詩の独創的なさまざまな試みは、今日ではスケイウィラ社が発行している（*Nonesense e altro*, 2007、12ユーロ）し、ナンセンスの歴史や詩形に関しての探究、あるいは作者が試みている自由な再創造についての探究は、大いに評価できるのかもしれない。その五行戯詩（リメリック）から引用しておこう――「クラリーチェという名の奥さんがいた／不運に沈んでいた／私がせめてクラーリチェという名だったなら。／この唐松（ラーリチェ）の上に昇るのだが／このパロクシトン［最後から２番目の音節にアクセントのある語］の敵の上に。」＊[25]

さらに、「ランブルゴの老人がいた／ジュースと一緒にパンを食べていた／そして胃袋が一杯になると、／悔いて僧侶になった。／このランブルゴの老いた苦行者は。」＊[26] 最後に、「ヴァールミーキという名のインド人がいた／狂乱の半句を差し出して／蟻の大群で埋め尽くされた。／そして、後悔してマラマラと叫んでいた／その前の十年間は追放者暮らしだった。」＊[27]

ヴァールミーキが『ラーマーヤナ』という２万４千詩節から成る作品の作者だということは、この博学な小冊子の先のほうで説明されているとおりだ。だから、９万６千の半句を述べるのは、「ウンガレッティのリメリックないし詩に比べると」厄介なことのように思われる。読者を安心させるために、デ・ベネデッティはヴァールミーキの８箇の半句を

＊25 “C'era una donna di nome Clarìce / si lagnava l'infelice: / mi chiamassi almeno Clàrice / salirei sopra quel larice, / quella nemica delle parossitone.”

＊26 “C'era un vecchio di Lombrugo / che mangiava pane e sugo / quando n'ebbe pien lo stomaco / si pentì e si fece monaco, / quell'ascetico vecchio di Lambrugo.”

＊27 “C'era un indiano di nome Valmichi / che profferiva furiosi emistichi / tutto sepolto da grossi formichi, / e mara mara gridava pentito / dopo aver fatto per anni il bandito.”

サンスクリット語のまま引用して、誰でも自分で判断できるようにしている。

デ・ベネデッティの創作活動においては、猫が根底を成しており、多くの甘美な詩を猫に献じているのだが、だからといって、詩が主人になるために欠如しているものは皆無である。天使たち（猫ではないが、疑いもなく興味深い動物ではある）に関する詩についてはそう言えよう。

何と言うべきか？　TVの討論番組のためにいくらか割く時間があるのなら、デ・ベネデッティを読まれたい。狂気と知恵との境界ははなはだもろいから、しばしばこれを乗り超えることは良い実践なのだ。もっと実例を挙げればよかったかも、と嘆かないで頂きたい。ただ私が希望してきたのは、残余を知るために12ユーロを叩（はた）いて頂くということなのだ。

［2002］

本での一服

先週2回にわたり愛書家について講演する機会*28があり、両方とも聴衆には多くの若年層が含まれていた。私的な蔵書熱について語るのはむつかしい。かつてラジオのインタヴューで私が話したのだが、それはさながら山羊好きの変質者になるようなものなのだ。仮にあなたがナオミ・キャンベル*29とか近所の美女と一夜を共にしたと話したとすると、みんなは興味、嫉妬心、いたずらっぽい楽しみを抱いてあなたに耳をそばだてながら聴き入るであろう。仮にあなたが山羊との楽しいセックス

＊28　"*Sulla Bibliofilia*," La Memoria Vegelale e altri scritti di bibliofilia (Edizioni Rovello, Milano 2006) 所収。［拙訳は版権上の理由で没となっている。］

＊29　英国ファッションモデル。1980年代からモデルとして活躍。自身の名前で香水も売り出している。

体験をしたと語れば、人びとは困惑して話題を変えようとするだろう。誰かルネサンス絵画か中国磁器の蒐集家の家を訪ねれば、そういう驚きの感情を味わうものだ。12折り判の赤味がかったページの17世紀を見せながら、こんな本の所蔵者は片手の指で数えられるぐらいだと言われれば、訪問者は何としてでも立ち去りたくなるであろう。

愛書家は本好きなのだが、必ずしもその内容が好きなわけではない。内容に関心があるのなら、図書館に行けばよい。他方、愛書家は内容を知っていても、その物体(ブツ)が欲しいのであり、できれば、初版を入手したがる。そのあまり、愛書家によっては——私は同意しないが理解はできる——それを傷つけないために、アンカット本を見つけてもページをカットしたがらない。稀書のページをカットするのは、彼らにとっては懐中時計のケースを壊して機械装置を眺めるようなものであろう。

愛書家は『神曲』が好きなのではない。彼が好きなのは、『神曲』の特別な版なのだ。彼はそれに触れ、ページを開け、両手で装幀に目を通したいのだ。この意味では、彼が“会話する”のは、物体としての限りでの本——その本がその由来、歴史、(それが経てきた)無数の人手について告げてくれる物語——に対してなのだ。ときには、その本が親指の指紋、欄外のメモ、下線、本のとびらへの自署、虫食い穴からその由来を物語っていることもある。また、500年後にもその人手に触れたことのない白ページが指の間で音を立てるときには、より素晴らしい語るべき歴史を有しているものだ。

物体としての書物は、僅か50年経過したものでさえ、かなりの歴史を告げている場合がある。私はエチエンヌ・ジルソン*30が1950年代に公刊した『中世哲学史』(*La philosophie au Moyen Âge*)の一冊を、大学卒業論文の時代から所蔵している。当時のこととて、紙質はまずく、私

＊30 (1884-1978) フランスの哲学者。

が今そのページを繰るたびにばらける。それがたんに職業上の一つの手段であるのなら話は簡単で、安価に入手できる新版を求めるだけでよい。でも私にこの古びてもろくなった版が必要なのは、私が再読するたびに書き込んだ多色の下線やノートのせいなのだ。これを手にすると、学生時代やそれ以後のことを思い出させてくれるし、したがって私の記憶の一部ともなっているのである。

若人たちがこのことを知る必要があるわけは、一般に本の蒐集は金持ちの道楽と思われているからだ。たしかに、古書には数百万するものがある（『神曲』の初版揺籃本は最近では150万ユーロもする）が、しかし愛書家には、古刊本ではなく、最近の書物——現代詩の初版かもしれない——に関心を寄せる人もいる。読者によっては、児童書のセットものを蒐める人もいる。

3年前、私はジョヴァンニ・パピーニ[*31]の風刺小説『ゴグ』（Gog, 1931）の、初版カヴァーのまま製本された一冊（60ユーロのもの）を発見した。また、10年前にはカタログでディーノ・コンパーナ[*32]の『オルフェウスの歌』（*Canti orfici*, 1914）初版——この詩人は哀れにも数部しか印刷できなかったらしい[*33]——を見つけたが、1300万リラ（6500ユーロに相等）していた。だが、20世紀文学の立派なコレクションでもレストランの食事数回分で入手可能だ。私の教え子の一人は、さまざまな時期のツーリスト・ガイドに過ぎぬものを蒐めるために、あちこち古本屋廻りを行っていた。当初は風変わりな考えだと私は思ったのだが、この学生は色褪せた写真のこうした小冊子を使って、一つの都市が年月を経ていかに変貌しうるかを示した素晴らしい卒論を仕上げたの

＊31　（1881-1956）イタリアの作家。

＊32　（1855-1932）イタリアの幻想詩人。この一作しか知られていない。

＊33　ドイツのニーチェ、カフカを想起させる話だ。［訳注］

である。それだから、元手の乏しい若者でも、ミラノみたいな都市の古本屋漁りをすると、上等のスニーカー一足分の値段で16・17世紀の16折り判*34の本が見つかるし、当代のふぜいについて何がしかを伝えられることも稀ではないのだ。

書物蒐集は切手蒐集に似ている。大蒐集家ともなると一財産に値する品目がある。でも子供時代の私は、10ないし20枚の雑多な切手の包みを買っては、マダガスカルとかフィジー諸島について夢想しながら夕べの時間を過ごしたものだ——もちろんごく稀というのではないが、素敵な多色刷りの長方形を眺めたりして。ああ、なつかしい思い出よ。

［2004］

これぞ四角四面なり

一般に信じられているところでは、物事は定義によって知られているらしい。これは、化学式のような場合には本当だ。何かがNaClだと知ると、化学の分かる人なら、それは塩素＋ナトリウムだと理解するし、たとえこの定義がはっきりと言っていなくても、それは塩だと結論するのを助けてくれる。でも化学の定義は、塩について知らねばならぬすべてのことを告げてくれるわけではない。たとえば、それが用いられるのは食物を保存したり味付けしたりするためだとか、それが血圧を高めることとか、それが海とか岩塩から精製されるとか、それが古代では今日よりも高価で貴重品だった、ということを。塩について知られている全てのこととか、（詳細は別にして）知る必要のある全てのことを発見するには、定義というよりも、物語に傾聴しなければならない。

＊34　114 × 175 ミリメートル。

たとえば、塩について一切のことを真に知りたがっている人びとにとって、マリ帝国*[35]と海との間の砂漠を通る“塩の道”をのろのろ歩む隊商についての素晴らしい冒険小説と化したいろいろの物語とか、塩水で傷を洗っていた当初の医者たちの物語とかである。言い換えると、私たちの科学についての知識は他の知識と同じように、物語が識り込まれているのだ。

子供が世界を知るようになる方法には二通りある。一つはいわゆる明示的な教育だ。母親は犬とは何かと訴かれると、ダックスフントを指し示す。面白いことに、翌日には幼児はグレーハウンドを犬と同定できるし、ひょっとすると、その後さらにやり過ぎて、初めて見かける羊をも犬に含めるかもしれない（だが、ほかの犬を犬と見分けられないようなことはあるまい）。もう一つは、定義──「犬とは、胎盤があり、肉食で、指足類であり、イヌ科哺乳動物である」──にはよらないやり方である（これでは、分類学上は正確でも、幼児にとっては無意味だ）。そうではなくて、物語形式──「おばさんの庭に出かけて、そこに……な動物がいた日のことを憶えているでしょう」──による方法だ。

幼児はじっさい、《犬とか木は何なの？》と尋ねはしない。子供がたいていそれらを目にすると、誰かがそれらがどう呼ばれているかを説明してやる。《なぜか？》という疑問が生じるのはそのときだ。ブナの木（beech）やオークの木（oak）がいずれも“木”だと理解するのは難しくないが、《どうしてそこに生えているの？》、《どこからやって来たの？》、《どのように育つの？》、《何のためにあるの？》、《どうして葉っぱがなくなるの？》といった質問とともに、真の好奇心が芽生えるのである。そこで物語が始まるのだ。知識は物語を通して拡がる──種子は植えられ、発芽する、等々の物語を通して。

＊35　1230年代～1645年の王国。中世アフリカのサヘル地帯に栄えた。

子供が知りたがる切実な“事柄”（つまり、赤ん坊はどこから生まれるのか？）は、物語形式で伝えうるだけだ──鳥や蜜蜂についての話とか、パパがママに種子を与えるとかの話により。

私は科学知識は物語形式をとるべきだと信じる者の一人であり、いつも学生たちに対しては、チャールズ・サンダース・パースによる素晴らしい一節を参照させている。リチウムを定義して、彼は実験室でのそれの抽出過程を20行で書き記しているのだ（これこそ純粋に詩的な描述だと私は考えるものである）。ある日、この素晴らしい過程を目にして、私はまるで錬金術師の隠れ家に居る思いがしたのだが、それは紛れもなく化学だったのである。

あるアリストテレス会議において、友人のフランコ・ロ・ピパーロが指摘したところによると、幾何学の父エウクレイデス（ユークリッド）は直角を90度角と定義しはしなかったという。私たちが直角について考える際には、この定義は正しいのだが、しかしもちろん、直角が何かを知らないか、“度”が何かを知らない人にとっては、そんな定義は無用だし、私としては、いかなる両親であれ、「角が90度ならば直角だ」と伝えて子供をひそかに傷つけるようなことをしないで欲しいものだ。

エウクレイデスの説明はこうだ──「直線上にある直線が互いに等角で近接しているときには、それぞれの等角の合計は直角になるし、上方に位置する直線は、それを支えている下の線とは垂直をなすと言う。」

お分かりかな？　きっとみなさんは直角とは何かを知りたがるだろう。それの作図法とか、むしろ、どんなステップを経てそれに到達するのかという物語をお話ししたい。そうすればお分かりになろう。しかも、この素晴らしい二本の直線どうしの交差を組み立ててから、どういうステップを踏むべきかも学ばれるであろう。

私には、この一件は教育的でもあり、たいそう詩的でもあるように思われる。それは想像の世界（物語を創り出すためにいろいろの世界を想像する場）と、現実の世界（世界を理解するためにいろいろの物語を創り出す場）との両方の世界へ私たちをより近づけてくれる。

（なぜ私はこんなお話をしたか？　1985年の最初の「ミネルヴァの知恵袋」欄で、当時脳裡に浮かんだ全てのことを語りたかったのだが、それは今日でも私が考え浮かんだことだからなのだ。）　〔2005〕

ジュール・ヴェルヌの中心への旅

子供のとき、私たちはエミリオ・サルガーリ支持派とジュール・ヴェルヌ支持派との二群に分かれた。私がサルガーリを支持したことは認めるし、今からみて、かつて抱いていた見解を私が再検討することを歴史は強いている。サルガーリはイタリア人ならみな若かりし頃に読んでいて、崇拝されており、記憶から引用されたり、依然として読まれている作家なのだが、若い世代をもはや惹き付けなくなっているようだ。また実際、大人でさえ彼を再読するときには、幾分かのノスタルジーやねじれた慰みの気分にかられるか、読み疲れ、頻出するマングローヴやバビルサを退屈だと思うかのいずれかだろう。

ところで、2005年にはジュール・ヴェルヌの没後百年記念が祝われている。新聞・雑誌・会議がフランスばかりではなく、彼を再評価しているし、彼のファンタジーがいかにしばしば現実を先行していたかということを実証しようとしている。イタリアにおける出版目録を一瞥しても、ヴェルヌはサルガーリ以上にしばしば復刊されている。これはフランスでも同様であって、ここではヴェルヌの古書だけの売買さえも行われているのだが、それは疑いもなく、極美な古いヘッツェル製本のせいである。パリのセーヌ右岸には、金箔綴じの豪華本（手が出ないほど高価だ）だけを売る店が２軒存在する。

サルガーリにはどれほどの功績を認めざるを得ないにせよ、海賊サンドカンのこの作家はあまりユーモアのセンスがなかった（ヤネツを除き、その登場人物も同じだ）のに対して、ヴェルヌの小説にはユーモアが満ちている。『ミシェル・ストロゴフ、またはロシア皇帝の御者』の素敵なページを繙けばよい。ここでは、コリヴァンの戦いの後、「デイリー・テレグラフ」の記者ハリー・ブラウントは、ライバルのアルシッド・ジョリヴェがパリに至急便を送るのを阻止すべく、電報局に数千ルーブル支払って聖書の詩行を書き取らせるため、ついにはジョリヴェはその電報窓口の職を買収し、ピエール＝ジャン・ド・ベランジェ＊[36]の歌を送信するに至るのだ。ヴェルヌの物語は続く――ハリー・ブラウントが「やあ！」と言うと、アルシッド・ジョリヴェは「どうも」と応えた。これでも文体（スタイル）と言えようか！

未来先取りの小説の多くは、時空間を経てから――ひょっとして予告していた未来がすでに到達したときに――読まれると、ややがっかりさせるものだ。なにしろ、現実となった事件、現実の発明は、作家がかつて想像していたものよりもはるかに仰天させるものだからだ。ヴェルヌではそんなことはない。いかなる原子潜水艦でもナウティルス潜水艦ほど技術的に素晴らしくはないだろうし、いかなる飛行船とかジャンボジェットでも、征服者ロビュールの堂々たるプロペラ船ほどの魅力はきっと備えていないであろう。

作家と出版者が共有する信望、それは物語に付き従う彫版だ。私たちサルガーリ信奉者はアルベルト・デラ・ヴァッレ、ピペイン・ガンバ、ジェンナーロ・アマートといった芸術家による素晴らしいイラストを好んで想起するが、それらは絵だったし、さながら、ラファエロを白黒の単色で眺めるようなものだった。ヴェルヌの彫版はそれよりははるかに

＊36　(1780-1857) シャンソン作者。『イヴトーの王様』などがある。

神秘的かつ興味をそそるものであり、それらはみなさんに拡大鏡を使って眺めたくさせるであろう。

船長ネモはナウティルス号の大きな舷窓から巨大タコを眺めている。ロビュールの飛行船はハイテクの帆柱を林立させながら、気球は謎めいた島に落下する(「再び私どもは浮かび上がるのですか？」「いいや。」「下降しているのですか？」「船長、もっとひどくなっていますぜ！　沈没しかけていますよ！」)

巨大な弾丸が月をめざしている。地球の中央には洞窟がある――全ては暗い背景から浮かび上がる映像や、白っぽい割れ目と入れ替る薄黒い筆致の輪郭や、均質な色彩の地域を欠く宇宙や、引っかかれて印をつけられた幻影であり、何らの筆致もないため眩惑させる省察であり、(牛や犬やトカゲのような)独特の網膜を有する動物から見られた世界であり、ヴェネチアのブラインドの薄いすだれを通してちらりと現われる世界であり、彫刻師の道具がレリーフの表面を掘ったり残したりした個所でだけ明かりを生じさせる、点とすりきずから成る、真昼でさえもほとんど水中の常夜みたいに見える地域である。

あなたにヘッツェルの古刊本を購入するだけのお金が無くて、それでも現代の再版本には納得されないのであれば、http://jv.gilead.org.il/ を開かれるがよい。Zvi Har'EL なる名称の者がおよそヴェルヌに関する一切のもの――完全な書誌、エッセイのアンソロジー、諸国から集めた488枚の信じ難いほどのジュール・ヴェルヌ像切手、ヘブライ語訳(ハルエル Har'EL 氏はイスラエル人で、息子――19歳で亡くなった――にこのサイトを献じたがっている)、就中“ヴァーチャル・ライブラリー”を仕上げている。ここでは、多言語によるヴェルヌの全作品(少なくとも、フランス原版からのすべての彫版を含む)が見つかるだろうし、これらをお好みのまま保存したり拡大したりできよう。そうすれば、いささか粒状ではあるが、より魅力のあるものにすらなるであろう。[2005]

コルク栓抜き状の空間（スペース）

私がその序文を書いている本の書評をするというのは正しくない、と思われるかもしれない。実際、書評というものは客観的になされるべきであって、私的関心で汚されていてはならないのだが、この『知恵袋（マッチ箱）』は定義上からも私の個人的な興味、好奇心、好みを表現したものなのだ。仮に私が或る本に序文を寄せたとすれば、私がその本を好んでおり、だからそれについて何か喋ろうとしているということを意味する。その本とは、レナート・ジョヴァンノーリの『初歩ですよ、ヴィトゲンシュタインさん！』（*Elementare, Wittgenstein!* Medusa, 2007）のことであり、この本はタイトルこそおどけているが、真面目な労作である。

レナート・ジョヴァンノーリはまた、たいそう魅力的な“科学”書『ＳＦの科学』（*La scienza della fantascienza*, Bompiani, 2001）をも著わしているが、これはＳＦにおいて主流をなしている多くのＳＦの考え方を徹底的に展望したものである（ロボット工学の法則、宇宙人や突然変異体の性質、超球や第四次元、タイムトラベルや時間のパラドクス、平行宇宙、等々）。これらの観念は想外の一貫性を示しており、まるで科学に匹敵するくらいの斉一性（せいいつせい）と含みとを有している。このことは驚くには当たらない。なぜならば、第一に、ＳＦ作家はお互いの書物を読んでおり、あるテーマは物語間に流布しているし、正式の科学に匹敵するような指針も創り出されてきたからだ。第二の理由、それは小説家たちが科学の解決に反する虚構物語を展開してはいなくて、科学を究極の結論にまで推し進めているからだ。そして最後の理由、それはジュール・ヴェルヌ以後のＳＦにより発せられた幾つかの考え方が、その後科学的現実と化したからだ。

さて、ジョヴァンノーリは同じ判断規準を犯罪文学の群島に適用しており、しかもこう示唆しているのである――フィクションの語り物において探偵が用いている方法は、哲学者や科学者のそれに近似している、と。

この考えそのものは新しくはないが、ここでの斬新さはそれを展開させる際の厳密さとその規模にある。だから、結局、ジョヴァンノーリがやっていることは、探偵小説の哲学なのか、それとも探偵小説に見られる推理例を活用した哲学マニュアルなのか、どちらかしら、と人は思うであろう。私としては、これを、犯罪小説を理解したがっている人びとに勧めるべきか、哲学を理解したがっている人びとに勧めるべきか、確信がないので、慎重を期して、これをこれら両方の人びとに勧める次第だ。

だから見てのとおり、犯罪作家だけが哲学や科学上の諸問題を知っているわけではなく（たとえば、ダシール・ハメット*[37]、トポロジー、相対性理論の関係に関するページを参照）、思想家によっては、探偵小説を読まなかったならば、考えたようには（たぶん）考えなかったかもしれないのだ。私たちには、ヴィトゲンシュタインの後期思想がハードボイルド小説を読んだため、いかに恩恵を得られたかということが分かるのである。

私は哲学が探偵小説以前に生まれたのかどうかは知らない――『オイディプス王』*[38]とても、犯罪探求話なのだ。たしかに、ゴシック小説やエドガー・アラン・ポー以来、犯罪小説はおそらく私たちの知っている以上に、学界の思想家たちに影響を及ぼしてきたのだ。ジョヴァンノーリが論理式や図式をもって証明しているように、犯罪探求物語から犯

＊37　『マルタの鷹』、『ガラスの鍵』等の映画作品がある。
＊38　ソフォクレスが前427年頃に書いた戯曲。

行物語への推移は、ウィトゲンシュタインの『論理哲学論考』から『哲学的探究』への推移に似ている。この推移は演繹法なるパラダイム（秩序づけられた世界、存在の大いなる連鎖*[39]をもくろむ。この秩序は因果関係でほとんど定まっており、一種の予定調和に支配されているし、だから探偵の心にある諸観念の秩序・連合は、実は現実を支配している秩序・連合の反映なのだ）から、“プラグマティスト”のパラダイム（探偵は、原因をつきとめるというよりも、結果を挑発する）への推移なのである。

探偵犯罪小説はもちろん、形而上的探究の小規模な一つのモデルである。なにしろ、両者とも、最後に残る問題は「誰がやったのか？」――フーダニット（who done it）の哲学版――なのだからだ。G・K・チェスタトン*[40]は、探偵小説を高級ミステリーの象徴だと書いていたし、ジル・ドゥルーズ*[41]は、哲学書は一種の探偵小説であるべきだと主張した。

聖トマス・アクイナスの神の存在を証明する五通りのやり方にしても、誰かが残した足跡をたどる一つの探究モデルにほかならぬではないか？また、ハードボイルド小説にだって、暗黙の哲学が存在する。パスカルとそのかけを見よう。カードをシャッフルしてから、何が起きるかを見ようではないか。フィリップ・マーロウ*[42]と出るか、サム・スペード*[43]と出るか？

私としては、アガサ・クリスティーとハイデッガーとのありうべき関係を論じているパラグラフに触れておきたい。ジョヴァンノーリは、

＊39　哲学者A・ラヴジョイ（1873-1962）が1936年に刊行した本のタイトル。
＊40　（1874-1936）英国の作家、批評家、詩人、評論家。
＊41　（1925-1995）フランスの哲学者。ポスト構造主義の代表者。
＊42　レイモンド・チャンドラー（1888-1959 米国の小説家）が生み出した探偵。
＊43　ダシール・ハメットの長編小説『マルタの鷹』と三つの短篇に登場する私立探偵の名。

『そして誰もいなくなった』（*And Then There Were None*, 1939）が『存在と時間』（*Sein und Zeit*, 1927）に影響を及ぼしたことを示唆していないのだが、アガサ・クリスティーが先に用いた時間のパラドクスが、この方向にハイデッガーを向かわせたかもしれないのだ。もちろん、私見ではクリスティーの書き物に含まれている、「死に向かう存在」*44という考え方が、中世資料から採られたものだという示唆は、輝かしい業（わざ）のように思われる。最後にお勧めしておく——ダシール・ハメットに関するページとコルク栓抜き状の空間（スペース）をとくとご覧頂きたい。　[2007]

読んでいない本について

私の記憶では（誤っているかもしれないが）、ジョルジョ・マンガネッリ*45が、洗練された読者なら本を開ける前からもはたしてそれが読む価値があるかどうかは分かると説明している素敵な論説を書いていたと思う。彼が言っていたのは、冒頭の一行から、ちらっとアトランダムにのぞいた２ページから、往々索引から、あるいは参照文献一覧から、その本が読むに値するかどうかを判断するためにしばしば必要とされるプロの読者とか、明敏な読者とかのことではない。これらは経験に過ぎない、と言えよう。いや、マンガネッリが話題にしていたのは、一種の悟り、つまり、彼が明示的・逆説的に己が物と主張していた一つの才能のことなのだ。

ピエール・バイヤール（精神分析学者で文学の教授）による『読んでいない本について堂々と語る方法』（大浦康介訳、筑摩書房、2008）は、

＊44　『存在と時間』中の言葉。
＊45　（1922-1990）イタリアの短篇作家・エッセイスト・ジャーナリスト。

本を読んでいるか否かをどうやったら知りうるかを論じているのではなくて、たとえそれが極めて大切なもので、学生に教える際にでも、読んでもいない本についてどのようにしたらうまく語れるか、を論じているのである。彼の計算は科学的だ。立派な図書館は数百万冊の書籍を所蔵している。仮に毎日一冊を読むとしても、私たちの読むのは一年にたった365冊だけだろうし、10年で約3,600冊、そして、10歳から80歳にかけて読んだのはたった25,200冊だけということになろう。ささいな事だ。

他方、イタリア人で高校教育を受けた者なら、議論に加われることをよく知っている——たとえば、マッテオ・バンデッロ、フランチェスコ・グイッチャルディーニ、マッテオ・ボイアルドについてとか、ヴィットーリオ・アルフィエーリの悲劇とか、イッポリト・ニエーヴォの『あるイタリア人の告白』とかについて——名前と論評の何がしかは知っている。たとえこれまで一語すら読んだことがなくとも。

論評はバイヤールのきわめて重要な点なのだ。彼は恥ずかしげもなくこう主張している——ジェイムズ・ジョイスの『ユリシーズ』を読んだこともないが、それが『オデュッセイア』(彼はこの作品も完読したことはない、と自認している)の再話であることとか、それが内的モノローグに基づいていることとか、あら筋はたった一日の間にダブリン市で展開していること、等に言及することで、『ユリシーズ』について語ることはできる、と。「したがって、私はちっとも心配することなく、よくジョイスのことを話題にしている。」と。ある本と他の本との関係を知るということは、実際にあなたがそれを読んだ以上のことを知っていることを意味するのだ。

バイヤールも示しているように、あなたが何かずっと見棄てられてきた本を読むと、その内容に馴染みのあることに気づく。その本を話題にしたり、それを引用したり、または同じ考え方に傾斜したりした、別の本を私たちがそうこうする内に読んでしまっているためだ。バイヤールが行っているひどく面白い考察の内には、ロベルト・ムージル、グレアム・グリーン、ポール・ヴァレリー、アナトール・フランス、ディヴィッド・ロッジ*46の本をも含めて、読んだこともない書物に関わる多数の文学テクストについてのものがある。

しかも、名誉なことに、私の『バラの名前』に丸一章を割いてくれている。この作品では、バスカヴィルのウィリアムがアリストテレス『詩学』第二部の内容に通暁していることを、実はこのとき初めて同書を手にしたのにも拘らず——明らかにアリストテレスのその他のページから推測していけしゃあしゃあと立証している、という。私が虚栄心からこの一節を引用しているわけでないことは、本書からも明らかとなろう。

バイヤールの本で、見かけほど逆説的ではないが、興味をそそる点は、私たちが現に読んだ本の大方を忘れてしまうということだ。そしてもちろん、私たちが築き上げる一種のヴァーチャルな書物絵図は、その書物が語っていることからというよりも、私たちの心の中で現出させてきたものから成り立っている。だから、誰かが読んでもいない本からありもしない一節や状況を引用したとしても、私たちはそれらがその本の中に出ているものと信じてしまいがちなのだ。

バイヤールの関心は、他人の書物を読んでいる人びとというよりも、こういう考え方、つまり、いかなる読書であれ、何か創造的な局面があるはずだし、これを簡略化して言えば、読書には各自の持分があるという考え方にある（これは文学の教授というよりも、精神分析学者の発想だ）。そしてバイヤールは学校においても、学生が読む必要のない本を“発明する”ような見込みに期待を寄せている。なぜなら、読みもしない本について語るのは、自己認識の一手段であるのだからだ。

＊46　(1935-　) 英国の英文学者。

それから、バイヤールはこんな立証を行っている。誰かが読んでもいない本について語るとき、たとえそれを読んだことのある人でさえ、自分自身がその本について語ったことが誤っていることに気付かないものだ、というのだ。彼の著書の終わりのところでは、『バラの名前』、グレアム・グリーンの『第三の男』、ディヴィッド・ロッジの『交換教授』＊47について彼が行った要約において、三つの誤報を導入したことを認めている。面白いことに、私がそれらを読んで直ちにグレアム・グリーンに関してのエラーには気付いたし、ディヴィッド・ロッジについては疑わしかったが、私自身の本におけるエラーには気付かなかったのだ。このことの意味はおそらく、私がバイヤールの本を正しく読まなかったか、それとも代わりに、読者の皆さんはこのことから、私がざっと目を通しただけでは、と疑ってかまわないということだろう。しかし、もっとも興味深いこと、それはバイヤールが故意に行った三つのエラーを自認する際、他よりも正しい一つの読み方があることをことを仄(ほの)めかしている点で、本を読んでいないことについての自説を支持するために、引用する書物について几帳面な研究を実行していることになる。この矛盾はあまりに歴然としているから、バイヤールがはたして彼の書いた本を読んだのかどうか、読者に疑わせるのである。　〔2007〕

時代遅れのデジタル・メディア

先週日曜日、ヴェネツィアの「ウンベルト／エリザベッタ・マウリ名称書籍商スクーリング」講演の最終日に、とりわけ、デジタル・メディアのはかなさについての議論がなされた。エジプトの石碑、粘土板、パ

＊47　（白水社、1982）。原題は *Changing Places*（1975）。

ピルス、羊皮紙、それにもちろん、印刷された書物、これらはすべて情報メディアだった。これらの内で最後の書物は、(ぼろを原料とした)上質紙で造られていても、どうにか500年間生き延びてきた。19世紀中葉からは、木材パルプへの動きが生じたが、これだとせいぜい70年しかもたないようだ(試しに、第2次世界大戦直後に出た新聞や書籍を手に取ってみたまえ。ページを繰るとたん、ほとんどがばらけてしまうのが分かるだろう)。だから、少し前から何とかして私たちの図書館に詰め込まている夥しい書物を救う方法を研究者たちは探し求めて、さまざまの会議が催されてきた。現存のすべての本のためにはほとんど不可能だが、もっともありふれた方法の一つは、各ページをスキャンにかけて電子メディアに移し換えることである。

だがこれも別の問題を惹起する。フィルムリール、ディスク、コンピュータで用いられるUSBメモリ、これらはそれぞれ情報の伝達・保存のために用いられている媒体であるが、どれも書物より長持ちしないのだ。それらの或る物についてはこんなことが分かっている——旧いオーディオカセット・テープはしばらくするとほどけるし、それを巻き戻そうとして、穴の中に鉛筆を差し込んでみても、うまくいかない場合がある。ヴィデオカセットは色と(再生音・再生画像の)鮮明度を失いがちだし、巻き戻しするとすぐにダメージを受けてしまう。

ビニール・レコードがこすれる前に何とかうまくやれないものかと随分時間をかけてきが、CDを長続きさせる方法を見つけだせなかった。書籍に代わる発明として歓迎されたCDも、同じ内容がオンラインでより安く利用できるようになるや否や消滅した。DVDによる映画がはたしてどれほど長続きするのかどうかも分からない。分かっているのは、あまりにも過度に使用するとスキッピングし始めるということだけだ。

同じく、私たちにはフロッピー・ディスクがどれくらい長持ちするのかが分かるだけの余裕もなかった。それが分かる前に、データ記録用ディスクに取って代わられ、さらに書き換えのできるディスク、そしてそれから、USBメモリに代えられてしまった。これら媒体の消滅は、これらを読み取れるコンピュータの消滅を生じさせている。フロッピー・ディスクのスロットを備えたコンピュータを誰もが一家に一台所有しているとは思えないし、以前のサポートによる全てのファイルは最新サポートに移されなければ（しかもこれが２・３年毎に、ひょっとして永久になされなければ）、情報は取り返しのつかぬほど消滅することになる――１ダースほどのコンピュータ（旧式のファイルストレージ法のために各１台）を屋根裏部屋に所有し続けるのであれば話は別だが。

こういうことは何を意味するか？　どんなメカニック、電気、電子の媒体もすべて、急速に劣化を来たすのか、それとも、それらがどれくらい長続きするのかは、私たちには分からないし、きっと決して分からないのだろう、ということなのだ。

最後に、メモリ・カードを滅磁させるためには、パワーサージ、電光、またはその他のつまらぬ出来事だけでよいのだ。かなり長引くブラックアウトの間中、私は電子メモリの使用を妨げられるであろう。私は『ドン・キホーテ』全巻の電子メモリを所有しているが、ろうそくで、ハンモックの中で、ボートの上で、入浴中とか（バットの）スイング中にそれを読むことはできない。ところが、どんなに不利な条件下であれ、書物を読むことは可能だ。仮に自分のコンピュータとかｅ－ブックを５階から落としたら、きっと全てが台無しとなろうが、仮に本を一冊落下させても、せいぜいばらけるくらいだろう。

現代のメディアは情報の保存よりも、それをまき散らすことが目的らしい。けれども書物は情報をばらまくためばかりか（プロテスタントの宗教革命時代における印刷された聖書が果たした役割のことを考えられたい）、情報を保存するための、第一級の道具なのだ。ひょっとして数世紀後に、全ての電子メディアが滅磁化されたとしたら、過去のことを見つけ出す唯一の手段は揺籃本だけになるであろう。そして、現代の書物で残存するのは、脱酸性化処置された最上質紙に印刷されたものだけとなろう。

私は伝統主義者ではない。私は250ギガバイトのポータブル・ハードディスクに世界文学や哲学史の傑作を記録させた。このおかげで、ダンテとか『神学大全』とかからの引用を見つけるためには、立ち上がって上段の棚から重い本を降ろすよりも、はるかに容易かつ速やかにできるようになっている。それでも、これらの本が書架にあることは幸せだし、いつか電子媒体が機能しなくなるときには、有用なバックアップとなるであろう。〔2009〕

ご存知なら、私を止めて下さい

コミックの哲学的ないし心理学的な定義を試みた著書は、一種のエスプリがある格言集だ。ユダヤ人の最良の話はフロイトの『機知』(*Witz,* 1905) やベルクソンの『笑い』(*Le rire,* 1900) の中でも真珠——たとえば、ラビッシュ*48からの引用「お黙り！　仲間を殺す権利は神にしかないんだぞ！」といったような——が見つかる。けれども、これらの著書においては、笑話の引用は理論を説明するための一例として使われている。

逆に、理論が笑話を語るための口実として役立っている本がある。ジム・ホルト*49は哲学者ではないが、当初こんなページを「ニューヨーカー」のために書いた（オリジナル・タイトルは「ご存知なら、私を止めて下さい」*Stop me if you've heard this*, 2008)。その中でホルトは私たち

＊48　ウジェーヌ・ラビッシュ(1815-1888) フランスの劇作家。『麦わら帽子』等。
＊49　(1954-　) 米国の哲学者、著述家。

に笑話を連発するために、（熟知していることを示す）対照的な理論を引用している。彼の著書は小学校の教科書に採用されることはあり得まい。なにしろ殊（こと）に辛らつな笑話を好んでいるからだ。さらに、アメリカの笑話（レニー・ブルース*50のようなコメディアンが語ったもの）も引用されている——原語や雰囲気を知らないと理解しがたいものも頻出している。たとえば、「ニュージャージーはどうして庭の州と呼ばれるのか？　どこの地区にもローゼンブルムがあるからさ。」笑うためには、ローゼンブルムはユダヤ名であって、英語では「バラの満開」を意味し、またニュージャージー州には沢山のユダヤ人が住んでいることを知る必要がある。ニューヨーク住まいでなければ、笑えないだろう。

だから、翻訳家アルフォンソ・ヴィナッサ・デ・レニーがぶつかった困難を想像してみよう。彼はしばしば脚注に訴えざるを得なくなっているし、笑話を説明するのがいかに悲しいかということは周知のところだ。ちなみに、司教団がゲイでもある司祭を任命しているという事実をからかおうとした小話を引用するとき、私は欠落した注のことを指摘せざるを得ないのだ。「どうして司教団はチェスゲームに不向きなのか？　答え——（チェスの）ビショップとクイーンを区別できないから。」こう言うと、この笑話は面白味がなくなる。ゲイが男女の区別をしないというのは間違いだからだ。イタリア語ではビショップは alfiere（司教）だと注釈されているが、それではこの笑話はより筋がとおっていることになろう（聖職者のことが話題となっているのだから）。しかも、俗語の queen（女王）はもっとも軽蔑的な意味でホモセクシャルを意味することを言い忘れている。だからこの笑話が言わんとしているのは、「司教とホモを区別できない」ということなのであり、これは政治的には正しくとも、より辛辣（しんらつ）な風刺となっているのだ。

＊50　（1925-1966）ユダヤ系米国人。スタンダップ・コメディアン。

要するに、笑話の翻訳はときにはつらい仕事となるのだが、それでも本書の小話の多くは私たちを笑わせてくれるし、その幾つかは引用するだけの価値もある。古代ギリシャ文学にもしゃれが存在するし（「髪を切ってさし上げましょうか？」と床屋が尋ねる。すると客は「文句を言うな！」）、ホルトが引用している笑話は不完全な形で伝わったものなのだ。その住民の愚かさで知られるアブデラの市民が、宦官（かんがん）に向かって、「子息は何人ですか？」と尋ねると、宦官は「生殖器がないので、子供は一人もいない」と答える。このアブデラの男の答は不十分だし、そこでホルトは自問するのだ。私ならこう答えるであろう――「それがどうした？　儂（わし）の生殖器は働（き）かないが、女房は三人のみごとな子供を生んでくれたよ。」

ポッジョ・ブラッチョリーニ*[51]の『風流道化譚』（*Liber facetiarum*）に関する章は優れているし、性的倒錯は10年ほど前に合衆国に流布していた幼児の死体に関してなされていたような幾つかのサディスティックな笑話を生じさせもしたという注釈も素晴らしい（「赤くて揺れるもの何んだ？　肉屋のかぎ針に吊された赤ん坊さ」）。

アラン・ダンダス*[52]のようなしゃれの人類学者の感動的な回想も素晴らしい（15年間：政権を揶揄する作家たちへの最初のソヴィエトの賞を思い出す）。また、象についてのもっともばかげた笑話に関して彼の行ったたぶん鋭敏極まる研究についての回想も。さらにその先では、私はもっとも洗練されたものを発見した――「亀の背に乗っかったナメクジは何と言う？　ユーフー*[53]だ！」これはあなた方が幼児にも語っ

＊51　(1380-1459) イタリアのヒューマニスト。ルクレティウス『事物の本性について』の再発見で有名。

＊52　(1934-2005) エール大学（英語）で学び、インディア大学（人類学）で学位取得。ダンデスとも表記される。

＊53　「あんた、誰？」の意。

てやれるであろう。逆に、クリントンのダイエットに関する笑話は幼児用のものではない――「ひどくやせたため、今では奨学生の顔が見れるよ。」同じく、あるバルに入り、「どの警察もまぬけだ」と言う甲氏の笑話も同じく相当なものだ。もう一人の乙氏は椅子に腰掛けながら、不同意を表わす。「どうして？　君は巡査なのかい？」と最初の甲氏が尋ねる。「いいや、俺はまぬけさ」と乙氏が答える。バルに入り（おそらく同人が）、ビールと床ぞうきんを頼むやせ男の笑話は幼児にもぴったりだろう。

ホルトは何も差し控えてはいないから、私としてはレオン・ヴィーゼルティーアに帰せられているキリスト磔刑に関するしゃれを引用しよう――「この騒動はいったい何ゆえだい？　俺たちはたった２日で彼を殺したんだ！」専門の読者にしか理解できぬ論理哲学的な笑話は度外視する。残念ながら、論理学会議で実際に発表されたしゃれは抜けている。「肯定によって肯定する様式」（modus ponens）の論理式は、「Ｐならば Ｑである」というものだし、英語では“if P then Q”となる。さて、会議中、ある学者がトイレに行き、行列にぶつかる。そこでその学者曰く、“if pee then queue.”これは“if P then Q”と発音は同じなのだが、この場合の意味は、「小便したいなら、列に並ばねばならぬ」である。

［2009］

《記念論集》

学会用語で《記念論集》（Festschrift）とは、ある学者の誕生日を祝うために友人・学生たちにより作成された学問的寄稿集のことだ。それは当の人物に関する特殊研究の論集であるかもしれないし、この場合には、参加者たちに多大な努力が要求されるとしても、その論集がこういうほねの折れる仕事を遂行するだけの時間も気持もほとんどない傑出した同僚からというよりも、忠実な学生たちからの寄せ集めとなる危険を孕(はら)んでいる。あるいは、有名な人名で引きつけるために、その論集はどんな論題でもかまわないものとなりうるし、結果的にそれは「誰某(たれがし)について」ではなく、「誰某のために」となるであろう。

容易に想像できるとおり、とりわけ後者の場合には、『記念論集』に割かれた試論は実際上落ちぶれてしまうものだ。あなたがこの種の刊行物に特殊テーマで寄稿したことを誰も知りはすまいからだ。いずれにせよ。寄稿者たちが喜んで参加し、彼らの書き物がどこかで再利用できると希望して払う、それは一つの犠牲なのだ。ただし、その主役が60歳という還暦に達したときに献じられたり――これだけでも十分長生きしたことになろう――、70歳の古希以前に亡くなっても、万事上首尾だった場合は別だ。今日では、医療の進歩のおかげで主役は90歳まで生き延びる危険があるし、その弟子たちは彼が60、70、80、90歳に達するたびに、記念論集を執筆せざるを得なくなるだろう。

さらに、国際的なつながりは過去50年にわたり強化されてきたし、どの学者にもかつてよりも密接な多くの同僚がいるのだから、平均的な学者は、幸いにもいわば聖書的な年齢に達した世界中の同僚を祝う論集のために、毎年少なくとも20～30本の要求を受けることになろう。記念論集のために書かれた論文が（あまりに貧弱に見えないためにも）せめて20ページの長さでなければならぬことを銘記するならば、各学者はこうした長命かつ親愛な友人たちを祝福するために、（どのページも願わくば独創的な）年平均600ページを執筆することになるであろう。こんな要求はもちろん不可能なのだが、それでも拒否すれば、敬意を欠くと誤解されるかもしれない。

こういう窮地を脱出する方法が二つある。記念論集が80歳以上に達した人たちに対してのみ作成されるように定めること。または私がやっているように、最初の10行と結論を変更して各記念論集のために同じ論文を送付すること。以上だ。かつてこのことに気付いた人はいなかったのである。［2010］

『ライ麦畑でつかまえて（キャッチャー・イン・ザ・ライ）』の50年

J・D・サリンジャーの没後、私は『ライ麦畑でつかまえて』に関する多数の追憶を読んでみて気付いたのは、それらの追憶が二つの範疇に分かれていることだ。第一はこの小説を読むことがいかに素敵な青春経験だったかを愛情をこめて説明していた。第二は老若を問わず、ほかの小説を読んだときと同じ読み方をした人びとによる、批判的な省察だった。後者の読者たちは『ライ麦畑でつかまえて』がはたして文学史の一部に残るのか、それとも一つの時期や世代に結びついた現象なのか、と質問し困惑していた。ただし、ソール・ベロー*54が亡くなったときに『ハーツォグ』（*Herzog*, 1964）とか、ノーマン・メイラー*55の死亡時に『裸者と死者』（*The Naked and the Dead,* 1948）とかの再読に関してそのような問題を提起した人はいなかったのである。では、『ライ麦畑でつかまえて』はどうしてなのか？

この質問に答えようとして、私は恰好な実験台になった思いがする。この小説は1951年に刊行され、翌年にはイタリア語であまり鼓舞しないタイトル、『男の一生』（*Vita da uomo*, Ed. Casini, 1952）をもって現われた。このときは注目されず、成功したのはそれが『若きホールデン』（*Il giovane Holden,* Einaudi, 1961）なるタイトルで出たときである。だか

＊54　（1915-2005）アメリカの小説家。
＊55　（1923-2007）アメリカの作家。ノンフィクション小説の開拓者。

ら、それは1960年代当初のイタリアの若者たちにとって、一種のプルーストのプチ・マドレーヌ*[56]だったのだ。当時、30歳だった私はジェイムズ・ジョイスは読んでいたが、サリンジャーは素通りした。やっと10年ほど前にこれを読んだのも、ほとんど職業上の義務からだったし、感動させられることもなかった。どうして？

第一には、それは私にはいかなる青春の情熱も思い出させなかったからだ。第二には、サリンジャーが独創性をもって用いた若者言葉は今日では廃れてしまった——ご存知のように、若者の隠語（ジャーゴン）は時期毎に変化するから、不自然な響きがしたのである。最後に三番目には、「サリンジャー様式」は1960年代以来大成功したし、ほかの多くの小説においても繰り返し現われたから、それはマンネリ化していて、独創的とも挑戦的とも思われなくなっていたのだ。この小説は成功したが故に、その興味を失（な）くしていたのである。

このことからして、ある作品の“成功”は、環境や、作品が現れた歴史的脈絡や、作品と読者自身の生活との関わり、といったものに、どれほど多くを負うているものか、と私は思わざるを得ない。もう一つ、レヴェルの異なる実例を挙げよう。私はテックスウィラー*[57]世代には属していないし、人びとがテックスウィラー伝説とともに成長したという話を聞くと、いつも驚いている。だが、これを説明するのは簡単だ。テックスは1948年に登場したし、この時代の私はすでにリチェーオの生徒だったし、コミックを読まなくなっていたのだ。私が30歳の頃にコミックを後から読んだときには、チャーリー・ブラウン*[58]の時代にな

＊56　『失われた時を求めて』（1913-1927）第1部「コンブレー」において主人公が紅茶を飲みながら食べたケーキ。

＊57　イタリアの代表的な漫画シリーズ。（Sergio Bonelli Editore の出版物）

＊58　漫画『ピーナッツ』やアニメ『スヌーピーとチャーリー・ブラウン』の主人公。

っており、米国映画『ディック・トレイシー』(1931)や『クレイジー・カット』(1913)のような古典が再発見されつつあり、グイド・クレパックス*[59]やウーゴ・プラット*[60]のような芸術家を擁する偉大なイタリア漫画の伝統が始まっていた。同じく、ベニト・ヤコヴィッティ*[61]の初期漫画——1940年代の『ピッポ、ペルティカとパッラ』——のことは憶えているが、『コッコ・ビル』のようなずっと後期のものは知らない。

ただし、私たちは何でもかんでも個人レヴェルに追いやらないよう用心しなくてはならない。人によっては、『神曲』もこれを学んでいたとき絶望的なくらい失恋していたために、ひどく毛嫌いするかもしれないが、こういうことはトト*[62]の映画でも起こりうるであろう。とはいえ、《テクストは無意味であって、すべては読者の解釈次第だ》とする偽デコンストラクショニストの悪しき考え方におぼれてはいけない。私たちは『トト、ペッピーノとあばずれ女』を思い出して、自分らのガールフレンドから一緒に行った日に見捨てられたからとて、悲しくなるかもしれないが、だからといって私たちに、トトとペッピーノがマリーサ宛に手紙を認(したた)める場面がコミックな間(タイミング)や効果を有する傑作であるという、客観的な結論に至るのを妨げたりはしない。

してみると、作品の芸術価値は私たちの受け取り方とは独立して評価されうるにせよ、依然として疑問——その作品が特定の瞬間に成功したり不首尾に終わったりするのはなぜなのか?——が残存する。ある書物の成功は、それが現われる時期や文化脈絡とどの程度結びついているのか?　なぜ『ライ麦畑でつかまえて』が1950年代初期のアメリカのヤ

＊59　(1933-2003) 20世紀後半の欧州漫画界に深い影響を及ぼした。
＊60　(1927-1995)
＊61　(1923-1997) イタリアの漫画・絵本作家。
＊62　(1898-1967) イタリアの喜劇俳優。

ングを魅了したのに、同時代のイタリアのヤングにはいかなる効果も及ぼさず、後者の若者がこの作品をようやく発見するに至ったのは10年後だったのか？　その伊語版出版社エイナウディの力と威信がカシーニ社に比べて大きかったから、という示唆では十分でない。

私は大衆にヒットし、評価の高かった多くの作品が、もしも10年前か後に出版されたならそんな成功や評価を収めはしなかったであろうと思われる事例なら、いくらでも挙げることができよう。作品には出現すべき正しい瞬間があるのだ。ギリシャ哲学の時代からこの方、“正しい瞬間、好機”（καιρός）は重要な問題となっている。ある作品が正しい瞬間に表われるか否かと言っても、それは、なぜ特定の瞬間が正しいのかを私たちが説明できるという意味ではない。それはちょうど、月曜日に海に投げ込まれたピンポン球が、水曜日にどこで拾い上げられるかを予言するような、手に負えぬ問題の一つなのだ。［2010］

アリストテレスと剽窃者たち

ピーター・T・リーソンの面白い本『海賊の経済学——見えざるフックの秘密』（山形浩生訳、NTT出版、2011）のイタリア語版が出た。＊63 資本主義史の専門家として、著者は経済学と現代民主政の基本原理を説明する際、モデルとして、「黒ヒゲ（ブラックビアド）、バーソロミュー・ロバーツ、“キャラコ”ジャック・ラカムのような」17世紀の海賊船の乗組員が骸骨と交差した大腿骨を描いた旗を掲げていた例を挙げている（ここからJolie rouge［きれいな赤］、英語でJolly Roger［陽気なロジャー］なる名称が

＊63　*L'economia secondo i pirati, Il fascino segreto del capitalismo* (Garzanti, 2010)、リーソンは1979年生まれの米国経済学者。G・メイソン大教授。

付けられ、後に英語ではぶちこわされてJolly Roger［海賊旗］と化した)。

著者の指摘によると、(きちんとした海賊がみな遵守した）鉄則をもって海賊を働く仕組みは、いかにも多様性に開放された、“啓蒙的で”、民主的で、平等主義的なものだった、という。

ジュリオ・ジョレッロもこのテーマを伊語版序文で展開している。だが、私が議論しようとしているのは、リーソンの本というよりも、それが呼び起こす若干の考え方である。もちろん、海賊と商人（つまり、後の資本主義のモデルたる自由な実業家）とのパラレルを叙述した人物は、たとえ資本主義について何も知り得なかったにせよ、アリストテレスだったのだ。

アリストテレスは隠喩を最初に規定した人物——『詩学』でも『修辞学』でもそれを行っていた——と目されているし、しかもこういう最初の定義において、彼は隠喩がたんなる飾りではなくて一つの知識形態だということを主張したのだった。このことは決して些事（さじ）ではないと思われる。なにしろその後幾世紀にわたり、隠喩はずっと、中味を変えずに言述を美化する一つの方法に過ぎない、と見なされてきたからだ。また人によっては、今日でも依然としてそう考えている有様なのだ。

『詩学』の中で彼が述べているところでは、良い隠喩を理解することは、「類似物への眼（まなこ）を有すること」を意味する。彼が用いたギリシャ語動詞 θεωρέω は、見分けたり、探究したり、比較したり、判断したり、といったことを意味する。アリストテレスは『修辞学』においては、より大規模にこういう隠喩の認識機能に立ち返っており、ここでは、賛嘆をかき立てるものが愉快なわけは、予期せぬアナロジーをわれわれが発見するのを可能にするからだ、という。換言すると、われわれの気付きもしなかった何かが「眼前に引き出され」て、すぐこう言わずにおれなくなるのだ——「おや、まさにそのとおりだ。思いつきもしなかったわい。」

見てのとおり、アリストテレスが立派な隠喩にほとんど科学的な機能を帰したとはいえ、真の科学というものは既存の何かを発見することではなくて、むしろ事物に対する新しい観方を創出することにより、いわば初めてその何かを現出させることにあるのだが。

私たちの眼前に初めて何かをもたらす、もっとも説得力のある隠喩例とは？（アリストテレスが念頭に浮かべていたどうかは分からぬが）海賊が“調達人”とか“供給人”と呼ばれたりしてきた隠喩である。その他の隠喩に関しては、アリストテレスの示唆しているところによると、表面上は相異なり相容れない二つのものに対して、少なくとも一つの共通特質が特定されるならば、その相異なる二物は同種のものと見なされるだろう、という。

商人たちは、合法的に品物を輸出したり売ったりするために航海する善人、と一般には目されているが、海賊は、同じ商人たちの船を攻撃したり奪ったりするならず者なのだから、この隠喩が示唆しているのは、海賊も商人も商品が生産者から消費者へと移行することに共通の関心をもっているということだ。海賊たちは奪った品物を売却しに出掛けるし、したがって、品物の輸出人・調達人・供給人であることに疑いはない（その消費者は盗品を入手したことで告発されるかもしれないにせよ）。とにかく、商人と略奪人との端的な近似性は一連の疑念を惹起したわけだし、読者としては、「そうだったのか！　私は間違っていたんだ」と言うかもしれない。

この隠喩は地中海経済における海賊の役割を再考させたし、同時にまたそれは、商人の役割と方法を疑わせることにもなった。要するに、アリストテレスが考えた隠喩は、後にブレヒト*64が言明することになる

＊64　ベルトルト（1898-1956）。『肝っ玉おっ母とその子どもたち』（1939）他の戯曲がある。

見解――真の犯罪は銀行を襲撃することではなく、それを乗っ取ることであるとする見解――を先駆けるものだったのであり、もちろん、このスタゲイラ出身の善人は、ブレヒトの明々白々の毒舌(ブタード)が、最近の国際金融で起きたことに照らして、ひどく悩ましく見えるだろうことを、知りうるはずもなかったのである。

私たちはアリストテレスが大王の助言者として、カール・マルクスみたいに考えたと想像すべきではないが、この海賊にまつわる話が私を楽しませてくれた理由をみなさんはお分かりのことだろう。　[2010]

モンターレとニワトコ

ほほ笑ましい小冊『モンターレとキツネ』(*Montale e la Volpe*)の中で、マリーア・ルイーザ・スパツィアーニはモンターレ*65との長い友情のエピソードを回想している。一つのエピソードによると、学校では一緒に勉強しなければならなかったらしい。それでスパツィアーニとモンターレはニワトコの列の傍で過ごすのだが、この花がスパツィアーニにはいつもお気に入りだった。「注意して眺めてみると、そこには夜の星空とともに、後光の差す、うっとりさせる極小のつぼみを見分けられた」からである。彼が言うには、だからこそ、モンターレの詩の中でずっと暗記してきた異常ななまりの11音節詩句「ニワトコの先っぽが高く震えている」*66がスパツィアーニにとっては傑出しているのだ、と。

モンターレはトネリコの前で法悦にひたっているスパツィアーニを見て「きれいな花だね」と言ってから、どうかしたの？と尋ねながら、

＊65　エウジェニオ(1896-1981)。1975年度ノーベル文学賞受賞。
＊66　“Alte tremano guglie di sambuchi.”

「負傷した野獣の叫び声」をこの女友だちにあげさせている。ところで、詩人はどうやってこのトネリコから素敵な詩的イメージをつくり上げたのか、それとも、自然の中でトネリコを見分けることはできなかったのか？　モンターレが「いいかい、詩は言葉でできているんだよ」と言ったのも当然なのだ。私には、これは詩と散文との違いを理解するためには、基本的なエピソードに思われる。

散文が語るのは事物についてなのであるし、もし語り手がトネリコを出来事の中に導入するならば、事物が何であるかを知っており、それをあるべき姿のままに記述しなくてはならない。さもないと、彼はそれを喚起することができなかったであろう。散文にあっては「事物をつかめ、言葉はついてくる」(rem tene, verba sequentur) *67 なのだ。マンゾーニは風景画家のカンタービレ調を伴った素晴らしい書き始め（9音節詩）で小説を書き出しているが、これは初めに二つの山の連なりや、右手の岬や、反対側の広い海岸や、（レゼゴーネはもちろん）両岸にかかる橋を熟視しなかったならば不可能だったであろう。詩にあっては、正反対のことが生じる。つまり、まず言葉に熱中すれば、残りのことはひとりでについてくる（verba tene, res sequentur）のだ。

したがって、モンターレはもしかして、干し草の山（biche）、ヒトデみたいなもの、ガマ（erbaspada）、鳥もち仕掛けの羽根（piama che s'invischia）、壊れた瓦（gli embrici distrutti）、狂ったモンシロチョウ（cavolaia folle）、等を見なかったのではあるまいか？　誰が知ろう？だが詩の言葉の価値とはそういうものなのであって、そこでは狭い小川がちょろちょろ流れているのは、丸まった葉っぱが詰っているはずで、さもなくばブクブク音をたてたり、ガポガポ音をたてたり、ゼイゼイ音

＊67 「言いたいことをしっかりつかめば、それからふさわしい言葉は見つかるだろう」の意。

をたてたり、あえいだり、パクパク音をたてたりすることができただけだろう。純粋のそよ風なら、どうしても小川に音をたてさせようとしたことだろう。しかも「永久に——諸物は回転してゆくのだから——日々や記憶も同じく——胸の中で成長する」のである。 [2011]

嘘をつくこと、とぼけること

最近の「ミネルヴァの知恵袋」欄(コラム)の中で、私が幾度か嘘を採り上げてきたことにはお気付きのことだろう。実は先週月曜日のミラノ文学フェスティヴァル（今年は「嘘と本当」をテーマとしていた）に参加するために準備をしていたのである。そこでは、物語(フィクション)について述べたのだった。小説とは嘘なのか？　第一印象だけでドン・アッポンディオがレッコ湖畔で二人の無頼漢(ブラーヴィ)に出くわしたと言えば、それは嘘となろう。アレッサンドロ・マンゾーニが『婚約者』の中でこの話をしたとき、これが創り話だということは熟知していたのだから。でも、マンゾーニは嘘をつこうというつもりはなかったのだ。つまり、彼は物語ったことが本当に起きたという振りをして、子供が棒をつかんでこれが剣だという振りをするように、私たちにこのフィクションに加わるよう求めていたのである。

もちろんフィクションの語りは、表紙の“小説”という言葉で明示されているし、「むかしむかし……」といった出だしからして明らかなのだが、よく本当らしい偽もののしるしで始まることがある。例を挙げてみよう。

「三年ばかり以前、ガリヴァ氏はレドリッフの彼の家へ殺到する好事家(こうずか)連にいや気がさし、……ニューアークの片ほとりにささやかなる地所と手頃(てごろ)なる居宅とをもとめ、……彼はレドリッフを引払います以前に、実は本書の原稿を小生に委(ゆだ)ねまして、……小生はたんねんに、実に三度閲読いたしました。……だがしかし、全篇を通じて、真実の気は蔽(おお)いがたく、ことに著者の正直さに対する世評は非常なるものでありまして、現にレドリッフ近郷におきましては、何事にもあれ確言する場合には、ガリヴァ氏の言のごとく真実である、と申し添えますのが、諺(ことわざ)めいたものにさえなっているようであります。」（中野好夫訳、新潮文庫、1951、5-6 頁）

『ガリヴァー旅行記』初版のタイトル・ページを見よう。そこに出ているのは、このフィクションの作者ジョナサン・スウィフトではなくて、ガリヴァーが真の自伝作者となっている。おそらく読者は欺かれはしまい。ルキアノス*68の『本当の話』以来、真実を過度に主張するのは虚構のしるしと思われている。しかし小説ではしばしば現実世界への言及と空想上の事柄とをミックスしているから、多くの読者は平静さを失いがちになるのだ。

さらに小説が、さも実際の出来事を記述しているかのようにまじめに受けとられたり、作中人物の意見が、作家の意見にされたりする。私は小説家として確言できるのだが、売り上げ部数がたとえば一万部を超えると、フィクションの語りを読むことに慣れた読者層の手から、小説を一連の真の主張として見境いなく読む読者層の手へと移るし、さながら、シチリアのあやつり人形芝居劇場で観衆が裏切者ガーノ・ディ・マガンザ*69をののしるみたいなことが起きるのである。

私の記憶では、小説『フーコーの振り子』の中で登場人物ディオタッレーヴィが、コンピュータに熱中した友人ベルボをからかい、原書 45 ページでこう言っている──「たしかに自動車は存在するが、それはシ

＊68　192 年没。風刺作家。『本当の話』は 167 年ごろの中篇小説。史上初の SF と目されている。

＊69　イスラム教徒とシャルルマーニュ帝の時代に活躍した曲者(くせもの)。（日本の明智光秀に相当する。）

リコンヴァレー（Valle del silicone）で生産されたものじゃない」と。すると、科学の科目を教えている同僚が、シリコンヴァレーはシリチョヴァレー（Valle del Silicio）と伊訳されている、といや味なコメントをした。それで私は、コンピュータがシリチョ（英語の Silicon）でつくられることは熟知しているし、原書 272 ページを開けてもらえば、ギャラモン氏がベルボに向かい、『金属史』の中にコンピュータも（シリチョ［ケイ素］でできているのだから）加えるよう言うと、ベルボは「でもシリチョは金属じゃなく、類金属だぞ」と答えていることが分かっただろう、と言ってやった。しかもこれに加えて、私はこう付言したのである――「原書 45 ページでなかんずく語っているのは私じゃなくて、ディオタッレーヴィであり、彼は当然科学も英語も知っていないが、二番目の箇所では、ディオタッレーヴィははっきりと英語の誤訳――ホットドッグを“熱い犬”として話題にする者みたいな――を愚弄しているんだ」、と。

私の同僚（人文学者を信用していなかった）は疑惑の目で微笑してから、私の説明は哀れな気休めだと主張した。

ここに掲げた例は、たとえ学のある読者であっても、①小説の各部分を結びつけて全体として読む術（すべ）を知らないし、②アイロニーに通じていないし、③作家の意見と登場人物たちのそれとを区別しもしなかったというケースだ。この種の非人文系学者には、振りをするという概念が知られてはいなかったのだ。［2011］

軽信と同定

先週、私は多数の人びとは小説を読んで、現実と虚構とを区別し難いことや、作中人物の感情・思想を作家本人のものだと見なす傾向があることを指摘した。確証すべくインターネットをのぞいてみると、多数の作家の思想を記録したサイトがあり、「ウンベルト・エコの文言」の内にはこんなものが見つかった――「このイタリア人は当てにならぬ、嘘つきで、卑しい裏切り者であって、剣よりもナイフを手にしてくつろぎを覚えており、薬よりも毒のほうを良しとし、風の吹くまま旗色を変える、方針が不変の、ぬるぬるした売り手だ。」ここにいかなる真理（まこと）もないというわけではない。が、これは海外作家たちによって吹聴されてきた、幾世紀にわたる常套（じょうとう）句の一つであり、げんに私の小説『プラハの墓地』の出だしの部分は、この上なく陳腐なきまり文句を使って、360 度人種差別主義的な衝動を表明していた人物からの敷き写しなのだ。私としては、陳腐な作中人物を登場させないように努めるつもりだ。さもないといつの日か、「君の母ちゃんは一人だけだよ」といった、すりきれた提題が私に帰せられてしまうであろう。

さて今度はエウジェニオ・スカルファリの「エスプレッソ」誌上の最新コラム、「風の一吹き」（Vetro soffiato）である。彼は私の先の「ミネルヴァの知恵袋」欄（コラム）を採り上げて、新たな問題を提起している。スカルファリはフィクションの語りを現実と混同する人たちのいることを認めつつも、こう考えている（そして正当にも、私の考えているとおりに考えている）――フィクションの語りは真理以上に現実的でありうるし、それは史実との一体感や史実の受けとめ方を鼓舞しうるし、斬新な感じ方を生みだしうる、等々と。さて、この見解に同意し難い点がないかどうかを想像してみよう。

フィクションの語りはさらに、美的効果をも生みだすのである。読者はボヴァリー夫人が決して存在しなかったことを熟知できているのに、それでもフローベールがこの人物をつくりだしたやり方を味わうことができる。でもまさしくこの美的局面は私たちを“真理（アレティア）”の局面――つまり、法廷での目撃者の証言が事件の真相を述べたものか否かを決しなければならぬ裁判官とか、科学者や、論理学者が共有している真実という概念――に連れ戻すのである。それらには二つの異なる局面がある。仮に裁判官が犯人の嘘のつき方の美的なアッピール力に動かされるならば、ひどい目に遭う。私が言わんとしているのは、真理(アレティア)の局面のことだ。なにしろ私の省察は虚偽と嘘に関する議論から出発していたからだ。ヴァンナ・マルキ*70のローションで頭髪が再生するというのは虚偽なのか？　虚偽だ。ドン・アッボンディオは二人の悪漢(ブラーヴィ)にでくわすと言えば、虚偽なのか？　真理(アレティア)の観点からはイエスだが、でもマンゾーニは自分の語っていることが本当だと言おうとしているわけではない。彼はそれが本当だという振りをしており、また私たちもそういう振りをするように求めている。彼はちょうどコールリッジ*71も示唆したように、「不信を中止する」ことを私たちに求めているのである。

スカルファリは『若きヴェルテルの悩み』を引用しているし、周知のように、多くの若いロマンチストがこのゲーテの主人公と自己を同一視して自殺している。彼らははたしてこの話が真実だと信じていたのか？必ずしもそうではない。知ってのとおり、エンマ・ボヴァリーは実在の夫人ではなかったし、それでも私たちは彼女の運命に同情して涙まで流す。フィクションは所詮フィクションだと分かっていながら、それでもこの作中人物と一体化するのである。

ボヴァリー夫人は実在しなかったのに、それでも私たちは彼女みたいな女性は沢山居たこと、そして私たちも幾分かは彼女みたいだと感じるのであり、そして人生一般や自分自身について何がしかを私たちは学ぶのである。古代ギリシャ人たちはオイディプスに起きたことは本当だと信じたし、それを運命について省察する好機として利用した。フロイト

＊70　イタリアのTV司会者。やせるクリームで洗脳した。
＊71　サミュエル・T・コールリッジ（1834年没）。英国のロマン派詩人。

はオイディプスが実在しなかったことを熟知していたのだが、彼の話を、無意識の作用を理解する一つの方法として読解した。

では、フィクションと現実を全く区別できない読者はどうなるのか？　彼らの状況には美的価値がない。なにしろ彼らは話を真剣に受け取ることに忙殺されるあまり、その話が上手に語られているか、下手に語られているかを気にとめないし、そこから何かを学ぼうともしないし、作中人物たちと同一化することもあり得ないからだ。彼らが表わす反応は、いわゆるフィクションの“赤字”（deficit）にほかならない。こういう読者は想外に沢山居るから、一考の価値がある。なにしろ、そのほかの美的・モラル的な問題は彼らからすり抜けるからだ。〔2011〕

三つのご立派な考え

投資　カラーブリアのマフィア“ンドランゲタ”に20万ユーロを投資して、私の記憶では、4000票を得ようとした御仁（ごじん）のスキャンダルがみんなの話題に上がっている。もちろん、あり得ないことではある。それはさておき、ほかの三つの問題についてはあまり考察されてきてはいない。第一には、この御仁が莫大な金額20万ユーロをいったいどこから入手したのか？　汗水流して蓄えたものだったら、よしとしよう。第二に、地方自治体の議員のポストを得るためにどうしてサラリーマン15年分相当額をはたいたりしたのか？　しかも、仮に貯金があったとしても、それを使いはたしたならば、どうやって初年度を過ごすというのか？　きっと新しい地位に就けば20万ユーロ以上の多額を得られるからなのだろう。

第三の問い。それは、ミラノに居住する4千人が、それぞれ50ユーロで票を売ったということだ。彼らがひどく絶望していたのか、それとも、抜け目がなかったのか、のいずれかだ。いずれにせよ、悲しいことではある。

負の投資　愛書家たちはみな、ナポリのジローラミニ図書館長で略奪者のデ・カーロ氏の行為に立腹している。数年前から盗んだ本で商売をしたばかりか、巧みな偽造をも行ったからだ。「レプブリカ」紙（11月2日号）の、コンキタ・サンニーノのしっかりと裏付けされた記事を信ずるべきだとすれば、これらの本の多くはeBay*72で売却されたのであり、有名な揺籃本『ニュルンベルク年代記』*73は3万ユーロで売られたという。もちろん、これはひとりデ・カーロだけが犯人というわけではない。カタログの読者（インターネットなら、15分間で調べられる）はみな、シェーデルのこの『年代記』が最低でも7万5千ユーロ、最高13万ユーロ（原本の保存状態による）することを知っている。したがって、3万ユーロのものは不完全品か、まじめな本屋なら「研究用のもの」と規定するであろうような状態のものかいずれかだ（後者の場合、3万ユーロ以下だろう）。したがって、eBayでこの『年代記』をこの価格で購入した人は、過失による故買を犯していることを知らなかったはずがない（知らなかったとしたら、許されるが、厳密には故買のケースである）。私たちはならず者に取り囲まれているのであり、ある者は票を50ユーロ、他の者は盗んだ本を市場価格の60％割引きで売り出しているのだ。

幼少期から始まる　ヤフー・アンサーズを眺めると、驚くことに、こんなアッピールが出ている――「一寸お助けを！　ウンベルト・エコの“物体（*La Cosa*）”の要約が必要なのです。どなたか助けて下さいませ

＊72　インターネットオークションを展開している合衆国の会社。
＊73　ドイツの人文学者ハルトマン・シェーデルによるラテン語の年代記。

んか？　よろしく。」目下のところ、回答はない。ただし、別の課題を助けて欲しいという要請への回答なら、ある――「子供たちへのテクノロジーの効果です。どうか私を使って下さい。」(こうした要請のすべてには、いつも微笑させられる。) ルイジーア某の回答はこうだ――「アッハッハ。私に言わせてもらえば、テクノロジーのおかげで、子供たちはソーシャル・ネットワーク上で安直な答えを探し求めます。今日では子供たちは独りで考えを形成することがもはやできなくなっており、だれか教えてくれる人を探し求めるのです。万能のウェブは彼らを甘やかす立派なママとなって、少しずつ彼らの頭脳を消滅させかねませんよ……アッハッハ。」

ご立派な常識の持ち主、ルイジーアさん万歳！　でも私を喜ばせるエピソードに戻りたい。それによると、先生だか教授だかが、生徒に私の物語のレジュメを書かせたらしい。私としては、この物語を挙げるだけで、子供たちにレジュメを書かせようというのがふさわしいとは思わない。テキストが短かければ、フォトコピーを渡せばよい。いずれにせよ、痛ましい事実はこうだ。つまり、私の短篇（どこから出版されたかは言わずにおく。お忘れなら、探してみて下さい）は言っておくが、たった５ページなのだ。だから、アッピールを行った人は、コンピュータの電源を入れ、行を入力し、メッセージを書いて回答を待つよりむしろ、まずこの短篇を読むべきだったのだ。あるいは、それを読んだが、何のことを言っているのかを言えなかったのだ（断っておくが、それは赤ん坊でも近づけるごく簡単な寓話なのだ)。

こんなのはたんに怠慢なだけなのだ。《まずはリンゴを手に入れ、それから財布を手に入れ、それから母親を絞め殺しなさい》とは、私が幼時に言われたことだ。まずは他人にレジュメを頼み、それから票を50ユーロで売り払い、それから揺籃本を盗むこと。なにしろ某氏も言ったように、働くのは疲れるのだから。 [2012]

“張り子の虎”を怖れるのは誰？

1960年代の初めに、マーシャル・マクルーハン*74は私たちの考え方・伝達方法が激変するであろうと予告していた。彼の直観の一つは、私たちは地球村の時代に突入しつつあるということであったし、彼の予言の多くはインターネット界でたしかに真実となってきている。しかもマクルーハンは『グーテンベルクの銀河系』（*The Gutenberg Galaxy,* 1962）*75において文化の進歩や私たち自身の個別感性に印刷物の及ぼした影響を検討した後で、『人間拡張の原理』（*Understanding Media,* 1964）*76その他の著作では、アルファベットの線状性の衰退や映像の支配の興隆をも予言していた――ごく簡略化すれば、マス・メディアが「もう読む必要はありません。TVやナイトクラブのストロボ映像を眺めるだけでよろしい」というかのように、転換したものが支配する時代を。

マクルーハンが没した1980年には、パソコンが日常生活に導入されつつあった。当初のモデルは1970年代後期の実験モデルと大差なかったが、IBMのコンピュータとともに1981年にはマス・マーケットの幕開けとなったし、もし彼がもう少し長生きしていれば、一見映像支配に見える世界でも、新しいアルファベット文化が定着することを認めざるを得なかったであろう。パソコンがあっても、読み書きできなければ、大したことはできまい。確かに、小学校入学前の年齢の幼児でもiPadを使用できるのだが、私たち［西欧人］がインターネット、e-メイル、SMS（ショートメッセージサーヴィス）を介して受け取る情報は、アル

---

* 74　ハーバート・M・マクルーハン（1911-1980）。カナダの英文学者、文明批評家。
* 75　森常治訳（みすず書房、1986）。「活字人間の形成」の副題付き。
* 76　後藤和彦／高儀進 訳（竹内書店、1967）、「メディアの理解」が副題。

ファベット的な知識に基づいているのだ。V・ユゴーの『ノートルダム・ド・パリ』(1831) において助祭長フロロが予言していたこと——まず書物を、次に天窓から見られる沢山の映像やシンボルで飾られた大聖堂を指して、「これはあれを殺すでしょう」と言っていたこと——は、コンピュータの出現で実行されているのだ。コンピュータはそれ自らがマルチメディアでつながる地球的手段であることを示してきたし、ゴシック大聖堂の"あの"映像をよみがえらせることもできるのだが、それでも基本的には『グーテンベルクの銀河系』の後に続く原理に基づいているのである。

書記文字(アルファベット)に立ち返った、e-ブックの到来は、テクストが印刷された紙のページ上よりむしろ、スクリーン上で読めるのだということをも意味した。ここから、書物や新聞が消滅するという、一連の新しい予言が生じた (このことは、これらの販売部数低下が部分的に暗示している)。

ファンタジーの欠落したスポーツ好きなジャーナリストたちは数年来、作家たちに対して印刷物の消滅をどう思うかと問うてきた。

さらに、書物は情報の伝達・保存にとり、依然としてはなはだ重要であること、500年前に印刷された書物でさえ立派に残存しているのに、今日用いられている磁気性メディアが10年以上生き延びられるという科学的証拠はない (今日のコンピュータでは1980年代のフロッピーディスクをもはや読み取れない以上、生き延びられることを立証できもしない) ことを主張しても、それだけでは十分ではなかろう。

ところで、新聞が目下伝えてくれているこういう妨害的な進展の意味および結果についても、私たちは理解しておく必要がある。ジェフ・ベゾス*77——アマゾン社の会長——は最近「ワシントン・ポスト」紙を買収したし、新聞の衰退が声高に唱えられてきたが、ウォーレン・バフ

＊77　シェフリー・プレストン・ベゾス。米国の実業家、作家、教育者。

ェット*[78]は最近63社の地方紙を傘下に収めた。フェデリコ・ランピーニが「ラ・レプブリカ」紙で述べているところでは、バフェットは旧経済界の大物であって、革新者ではないが、投資の機会には稀な洞察力があるらしい。また、シリコンヴァレーの成金たちも新聞・雑誌に食指を動かしているらしい。

ビル・ゲイツやマーク・ザッカーバーグが「ニューヨーク・タイムズ」を買収して最終的な打撃を与えるのではないか、とランピーニは懸念している。こういう事態にならないにしても、明らかに、デジタル世界は紙媒体の重要性を再発見しつつある。こういう全てのことは、商業上の計算なのか、政治的思惑なのか、それとも、民主制のとりでとして出版物を保存したいという欲求なのか？　今起きつつあることに対して、私はいかなる解釈もいまだ行えないと思っている。でも興味深いと思われるのは、私たちが予言のもう一つの裏返しに立ち会っているということだ。毛沢東はひょっとして間違っていたのかもしれない——「張り子の虎」*[79]にご注目を！ [2013]

＊78　ウォーレン・エドワード・バフェット。米国の投資家、経営者、資産家。
＊79　毛沢東（1893-1976）は米帝国主義、反動派、核兵器は「張り子の虎」だと言っていた（エコはここでは隠喩でなく字義通りに解している）。

V．痴愚から狂気まで

Dalla stupidità alla follia

いや、それは汚染じゃない。空気中の不純物なのだ

戦争の風が漂うにつれて、われらは世界最強の男ジョージ・W・ブッシュの手中にある。今やプラトンみたいに、国家は哲人に統治してもらうべきだ、などと主張する者はいないが、国家は明白な考えのある人物に掌握されるのがよかろう。ブッシュの名言を集めてあるサイトのどこかをインターネットで調べてみるだけのやりがいはある。日時も場所も記されてはいないが、私が見つけたものに、「成功しないとしても、失敗のリスクを犯してみよう」とか、「環境を脅かしているのは汚染じゃない、空気や水の不純物なのだ」がある。

ジャーナリストたちに対して　「質問者に尋ねたい。彼らが尋ねている質問を私が彼らに質問する機会を私はもったことがないのだ」(於テキサス州オースティン、2001年1月8日)。「あなたが信じておられることをご存知だとしたら、ご質問にお答えするのははるかにたやすいだろうと思う。ご質問には答えられません」(於オハイオ州レーノルズバーグ、2000年10月4日)。「あの女性は私が難読症(ディスレクシア)を患っていることを知っていたのです。私は彼女のインタヴューを受けなかったようなものですよ」(於カリフォルニア州オレンジ・カウンティ、2000年9月15日)。

政治　「非合法とは、私たちにはそういうことはないという観点から話すべき事柄なのだ」(1996年5月20日)。「私どもはさらなる自由と民主政へ向けての不可逆的な傾向に向けての途上にある、と思っています。でもこういうものは変わりうるでしょう」(1998年5月22日)。「私は自分自身のためだけでなく、先人たちのためにも執行権を保持しようと心

がけているのです」(於ワシントン、2001年10月2日)。「ワシントンが野心だらけなのは、もちろん承知している。でも野心家でも、失敗するよりもうまく成功するほうが容易なことを悟ってもらいたい」(連合通信社APによるインタヴュー。2001年1月18日)。「アメリカで大事なのは、みんなが投票しなくてはならぬということだ」(於オースティン、2000年12月8日)。「職をさがす者は誰でも職を見つけられることを望みたい」(2000年12月5日、CBSの番組60 Minutes II)。「私が見つけた公分母の一つは、期待値より期待のほうが上回るということだ」(於ロサンジェルス、2000年9月27日)。「貿易が増えれば、商業も活気づくことを分かってもらうことが大切だ」(於ケベック市、南北両アメリカ首脳会議、2001年4月21日)。

教育　「率直に言えば、教師とはわれわれの子供を教える唯一の職業なのだ」(1995年9月18日)。「われわれは世界で一番の教育を受けたアメリカ人をもつことであろう」(1997年9月21日)。「ブッシュ政府は結果重視の政府だと言ってもらいたい。思うに、われわれが子供たちに読書を教えることに注意とエネルギーを集中させたり、変化を拒む制度の中でまどろむのを拒否して、子供や両親に応える教育制度をもつことに注力した結果、アメリカをあるべき姿——読み書きができ希望のもてる人びとの国——に変えるだろうと信じているからだ」(於ワシントン、2001年1月11日)。「アメリカの公教育制度は、われらの民主政で最重要な根底の一つだ。とどのつまり、この制度の中で、アメリカ中の子供たちは責任ある市民になることを学んだり、われらの空想的な楽天主義の制度を利用するのに必要なスキルを身につけることを学んだりしているのである」(2002年5月1日)。

科学　「火星は実質上同一の軌道だ……火星の太陽からの距離はわれら

［の地球］とほとんど同じだが、これははなはだ重要なことだ。われらの撮った写真では、水路と思しきものが存在している。水があるとしたら、酸素があることになる。酸素があれば、呼吸できることを意味する」（1994年11月8日）。「米国航空宇宙局（NASA）にとっては、宇宙はやはり最重要なものだ」（1993年9月5日）。「天然ガスは半球状だ。自然界で半球状を成していると言いたいところだ。われらの付近でも見つかるものなのだから」（於テキサス州オースティン、2000年12月20日）。「人類と魚類が平穏に共存できるだろうことは分かっている」（於ミシガン州サギノー、2000年9月29日）。

外国　「われらは当然ながら、アフリカの話に沢山の時間を割いてきた。アフリカは信じがたい病気にかかっている国家なのだ」（於記者会見、2001年6月14日）。「私は新たに選出されたメキシコ大統領ビセンテ・フォクスと話した。彼がメキシコ出身者ということは承知している。私はメキシコの天然ガスをすばやく調査して合衆国に輸出する最善策について話し合ったから、われらは外国産の原油に頼らなくなるだろう」（於第一回対大統領討論、2000年10月3日）。「フランス人の問題は、彼らには“企業家”（entrepreneur）のための用語がないという点だ」（トニー・ブレア首相との討論）。「お国にも黒人がいるのですか？」（ブラジル大統領フェルナンド・カルドに対して。於サン・パウロ州、2002年4月28日）。「とどのつまり、一週前にはヤーセル・アラファトはラマラの建物を包囲されたし、この宮殿はもちろんドイツの和平主義者たちやこの種のあらゆる人々で埋めつくされていた。ところが今やもう立ち去っている。今ではアラファトは自由にリーダーシップを発揮し、世界をリードしている」（於ワシントン、2002年5月2日）。「わが国の輸入品はますます海外からのものが多くなっている」（於オレゴン州ボーヴァトン、2000年9月25日）。「中東の不安が地域全体の不安を生じさせていることは分かっている」(於ワシントン、2002年3月13日)。「私のアジア旅行がここ日本から始まるのには大事な理由がある。ここから始まるわけは、今や一世紀半も前からアメリカと日本は現代の偉大かつ持続的な同盟の一つを形成してきたからだ。この同盟から、大平洋の平和な時代が始まったのだ」(於東京、2002年2月18日)。 [2002]

他者の苦しみに基づき豊かになる方法

あまりお金儲けにならなくて、転職したいとお考えならば、易者はもっとも稼ぎが多い職業の一つであり、しかも(思っておられることに反して)、もっとも容易な仕事の一つなのだ。必要なのは、ある種の魅力、最小限の他人への理解力、それに少々の厚かましさである。でもそういう資質がなくとも、確率はあなたに有利に働いてくれるのである。

こんな実験をやってごらんなさい。誰かに手当たり次第に近づきなさい(相手があなたのもつ科学を超えた資質を試すつもりなら好都合だ)。相手の目を見つめてこう言うのである――「あなたは何年も会っておられませんが、かつてあなたを愛したのに、あなたが相手にしなかったため苦しんだ人が、あなたのことを大層思っている……のが感じられます。そして今その人はあなたもひどく苦しんだことが分かり、気の毒に思っているのですが、たぶんもう手遅れでしょう……」と。

幼児ならいざ知らず、不幸な恋愛体験をしたことがないとか、少なくとも恋愛で不相応な報いを受けたとかいうような人がこの世にいるだろうか? だから、あなたの被術者はまずあなたの手助けとなり、あなたに協力してくれるだろうし、あなたがはっきりと思いついた人物がいったい誰なのかを知っている、と告げてくれるだろう。

あなたはまたこう言えばよい――「あなたを過少評価してあなたの悪

口を言う人がいます。でもそれは嫉妬心からそうしているのです。」きっとあなたの被術者が、《自分は各人みんなから賛えられていて、その当人が誰なのかさっぱり見当がつきません》と答えることはまずあり得ないだろう。でもおそらくきっと、当の人物が誰かをすぐに突きとめて、あなたの超感覚的知覚の技を賞賛することだろう。

もう一例。被術者の傍に、今は亡き恋人が立っている姿が見える、と言えばよい。かなり年輩の人に近づいて行き、心臓病で亡くなった高齢の方の幻が見える、と告げればよい。どんな人でも両親と四人の祖父母がいたはずだし、うまくすると、数人のおじやおばと、愛しい名づけ親もいたであろう。もし被術者がかなりの年齢であれば、こういう人びとは亡くなっているだろうし、おそらく少なくとも六人の亡き親族の内、一人は心不全で亡くなっていることだろう。もしあなたがついていなくて的が外れたとしたら、あなたには被術者に対して、あなたの科学認識的な特殊な才能に同じく魅せられている大勢の中で接近するという先見の明をお持ちなのだから、《私の間違いかもしれません、私に見える人物は、私が話している方の親戚ではなくて、傍に立っているほかの誰かの親戚なのです》と言えばよい。居合わせた連中の内の一人が《それは俺（またはうち）の父（または母）だ》と言うだろうし、この時点であなたは安全圏にいるし、この亡霊が放つぬくみとか、その亡霊が当人――もうあなたの誘惑に乗ってしまっている――に抱いていた愛とか……を話題にすればよい。

明敏な読者なら、TV ショーに出ているカリスマ的な人物のテクニックを突き止めていることであろう。わが子を亡くしたばかりの父（または母）とか、片親ないし配偶者の死を今なお嘆き悲しんでいる誰かに対して、《その故人の御魂（みたま）は空中に消え去ってしまってはおりません、今なおあの世からメッセージを発し続けておられますよ》と説教することほど容易なことはない。繰り返すが、霊媒になることはごく簡単なのだ。

他人の苦しみや軽信は、あなたの好都合に働くのである。

もちろん、これはあなたがCICAP[*1]に属する誰かを相手にしているのではない場合の話だ。CICAPの委員たちは超科学的とされている諸現象（ポルターガイスト、空中浮揚、心霊作用、ミステリーサークル、UFO、水脈占い人（ウォーターディヴァイナー）。それに言うまでもなく、幽霊、前兆、スプーン曲げ、カード占い、涙を流す聖母、等）を探究しているし、彼らはそれらの仕組みを実証したり、トリックをばらしたり、また一見謎めいていることを科学的に説明するために、そのトリックが分かれば、われわれが誰でもマジシャンになれることを示すために、よく実験を繰り返しているのである。

CICAPの二人の探偵、マッシモ・ポリドーロとルイージ・ガルラスケッリがその成果の幾つかを一冊の本にして公表したが、これは楽しい読み物になっている。

だが私としては娯楽の話をするのをためらっている。CICAPがこれほどに仕事をやり抜いたということは、だましが想定以上に広がっていることを意味するし、この本はやがて数千部は売れるだろうし、その一方では、ローズメアリー・アルティ[*2]のような人物がTVに出演して人びとの苦しみを利用することで、何百万もの支持者をかち得ているのである。

［2002］

＊1　Comitato italiano per il controllo delle affermazioni sul paranormale（偽似科学の主張を調査するためのイタリア委員会）

＊2　英国の女流作家（1946-　）。レスター市出身。

ミス・ユニヴァース、原理主義者とハンセン病患者たち

本書の読者の大半は、これを読まれる頃には200名以上もの死者をだしたナイジェリアでのミス・ユニヴァース・コンテストでの騒動のことをきっとお忘れだろう。だがこれこそが、事件を風化させるべきではない十分な理由となるであろう。ひょっとしてミス・ユニヴァース・コンテストがロンドンに移動させられた今でも状況はより悪化してしまっているかもしれない。明らかに、コンテスト応募者たちのナイジェリア到着は、騒乱を掻きたてたり、全く別種の転覆計画を煽動するための口実にすぎなかったのだからだ。もちろん、美人コンテストに抗議する者がどうしてクリスチャンを殺害したり、教会を焼き打ちしたりしなければならなかったのか、その理由を理解するのは難しい（司教たちがコンテストを先導したと咎められる筋合いはほとんどあり得なかったのだから）。ただし、事態がもっと進行したとしたら、この忌わしい原理主義者たちの反動を招来した口実について一考することは、なおさら重要だったことになろう。

ウォーレ・ショインカは、不幸な母国の基本的な自由を守ろうとして投獄されもした、ナイジェリアのノーベル賞受賞者だ。彼の書いた論説は「ラ・レププブリカ」紙上に掲載されたが、その中で彼がナイジェリア騒乱に関する啓発的な省察と並んで述べているところによれば、自分は国民的・世界的な美人コンテストを少しも好まないが、イスラム原理主義者たちの怒りに直面して、女性たちの身体や美しさの権利を擁護せねばならない、と感じたという。私が仮にナイジェリア人だったとしたら、彼と同じ考え方をすると思うが、現実はそうではないから、私自身の観点から事件を眺めてみたい。

何の関係もない200人以上もの人びとを盲信に基づいて殺害すること

で、水着姿の若い女性たちのコンテストに抗議するというのは、とても正当化できはしない。このように考えるなら、もちろん私たち全員が少女たちの味方になる。ただし、ミス・ユニヴァース主催者たちがナイジェリアでのコンテスト開催を決定した行動はいきすぎだったと思われる。彼らがこういう抗議を予見できたり、予見すべきだったからというのではなくて、ナイジェリアのような貧困国（子供たちが飢え死にしかけており、婦女は不義のせいで投石されたりしている国）で、一ヵ月間多数の部族を賄（まかな）えるほどの出費で、“虚栄の市”＊3を催すことは、盲人たちにポルノのホームヴィデオを宣伝したり、ハンセン病コロニーで美人グッズを配ったり、ナオミ・キャンベルの写真を彼らに宣伝するようなものだからである。また、美人コンテストは伝統的な風俗習慣を変える一つのやり方だ、なぞとは言わないで欲しい。そういう刺激的なことは適切な場所で、同毒療法（ホメオパシー）の服用量で行われるものであり、あからさまな挑発を通して行われるものではないからだ。

明らかに宣伝目的で、かつ全くのシニシズムをもってなされた、ぞっとするようなビジネス上の決定だったという考察を別にしても、いかなるビジネスでも、今日では特に私たちに興味深いわけは、それがグローバル化をとり巻く問題と絡んでいるからだ。私はグローバル化の局面の十中五つは有益たりうると思う一人だが、ただ一つ否定的な局面は、発展途上の国々に西欧モデルを無理に押しつけて、これら諸国が経験できぬような消費や期待を助長しようとすることだ。手短に言えば、仮に私が人びとに水着姿のミスたちを提示したとすれば、それは西欧の水着（おそらく香港の飢えた子供たちによって縫われたものだ）を買ってくれるようにと促すためにほかならないのだ――ナイジェリアでも、飢え死にはしないでも、飢え死にしかけている人びとにおぶさってお金を儲

＊3　W・サッカリー（1811-1863）作の小説の題名にもなっている。

けたため、それに支払うお金がある人びと、つまり西欧人と協力して、そういう人たちを搾取したり、彼らを前期植民地の状態にとどめておこうとする人びとによって、水着はナイジェリアでも購入されうるのだ。

だから、ナイジェリアのコンテスト期間に、より攻撃的な反グローバルの院外団が《ホワイト・スーツ》や《ブラック・ブロック》*4の運動の集会を準備したとしても、私はそれほど不快には思わないだろう。《ホワイト・スーツ》派は平穏に、だが断固として、コンテスト主催者たちをつかまえ、彼らの下着を異議申し立て人同様にはぎ取って、彼らに蜂蜜を塗りつけたり、ダチョウの羽根やその他の野鳥の羽根で覆わせたりした上で街中をパレードさせ、彼らをしかるべく侮ることができるであろう。

《ブラック・ブロック》派は地元の原理主義者たち——自分らの国が未発展状態に留まることにすっかり満足している、西欧植民地主義の共犯者たち——と関わらざるを得なかっただろうし、また、原理主義者たちが虐殺を実行するのを阻止するためにあらゆる戦闘技術を用いることができただろうし、おそらくは、(一回限りとはいえ)こういう和平の戦士を私たちは全員ほめそやしたことだろう——あなたが仮に暴力的だとしたならば、相応の敵と殴り合うだけの勇気があなたにはあったということなのだから。

で、ミス・ユニヴァースを熱望する者たちは? 彼女らはより穏かな反グローバル運動の階層に加わることにより、(しばらくは)村の広場で、肉の缶詰や石鹸のかけらや、さらには抗生物質や牛乳パックを分け合いながらも、しっかりガードされたお尻を揺らし続けていたかもしれない。

［2002］

＊4　11頁［＊2］参照。

送り主への返品

古い言いならわしでは、戦争は軍隊にやらせておくにはあまりに危険すぎる、とされてきた。今日ではこれを一新する必要がある。つまり、世界はあまりにも複雑化していて、戦争をやることに慣れた人びとには任せられないのだ。原子爆弾のためのマンハッタン計画が委ねられたのは、モンブランのトンネルを掘った技師たちだった。私がワシントンで２週間前にこんなことを考えていたまさにそのとき、一狙撃兵が不注意にも発射したため、人々はガソリンスタンドを停止したり、レストランを離れたりしていたのだ。その男はライフルと望遠鏡のようなスコープをもって高所に陣取りながら、ハイウェイの交差点や静かな丘の中腹で狙い続けた。警察がやって来て、２～３時間道路を閉鎖したのだが、当の狙撃兵は移動していたため、一向に見つけられなかった。そのため人びとはその後数日にわたり、家を出ることも、子供たちを通学させることもできなかったのである。

ある人はこんなことが起きるのは、火器の自由販売のせいだと言うが、銃の圧力団体（ロビー）は見方が異なる。これは武器所有の問題ではなくて、それの適切な使用の問題なのだ、と。まるで、殺人のために発射するのは、適切な武器使用ではないとでもいうかのようだ。

ワシントンの狙撃兵は結局捕らえられた。彼は到る所に痕跡を残していた。とどのつまり、人びとが欲したのは、新聞にかじりつくことだけだった。だが、捕らえられるのを欲したりはしない以上、誰でもツインタワーの虐殺以上の人間を殺してしまうまでやり抜くことができたであろう。これはなぜアメリカがこういう神経過敏の状況にあったか、それどころか、今なおそういう状態にあり続けているのか、ということの理由なのだ。仮に或るテロリスト組織が航空機のハイジャックに時間を空費するよりも、30名ばかりの狙撃兵に全国を自由にうろつかせたとしたなら、国家を麻痺させることができただろう。それだけではない。テロリストではなくても仲間に喜んで加わりたがるような人たちの間で、模倣者（モノマネ）コンテストが勃発することであろう。

明らかにもう世界を支配できない人たちは、いったい何を企てるか？　自動的に銃弾や薬莢（やっきょう）のありかを“示してくれる”武器を製造することだ。その目的は、遺体から引き出した弾薬包により暗殺者の住所を割り出すためである。仮に私が誰かを殺害しようとしても、自分自身の銃ではなく、他人から盗んだ銃を使用するということには誰も考えが及ぶまいから、この他人を刑務所入りにするだろう。また、仮に私がテロリストだとしたら、盗んだ銃とか、アメリカ以外で製造された銃を入手できる連中を知っていることだろう。

だがこれがすべてではない。最近「ラ・レプブリカ」紙（11月8日号）で読んだところによると、連邦準備局ではデフレを心配しているらしい。つまり、人びとがあまり出費しなくなり、物価は下落し、危機はインフレ時代より悪化することを。だから当局は弱いドルを――つまり、（早く使用しないと）徐々に価値が下がり、預金しても価値を失う磁気バンド付き銀行券になることを――目論んでいるのである。

懸命に働いて日給百ドルを稼ぐスミス氏はどうするか？　彼の生産力は減少しよう。体にむち打って働いても、稼いだものは徐々に価値がなくなるし、しかも狭い家を購入するために普通預金通帳に入金さえできない。懸命に働いても日給30ドルでは、ビール一本とステーキ一切れしか買えない。また、毎日100ドルを無用な品――Tシャツ、ジャムびん、鉛筆――に投入しても、これらを後で物々交換できるのは、一枚のTシャツに対してジャムびん3個だ。要するに、家の中には無用な品物の山を貯えざるを得ないだろうし、お金はほとんど流通しなくなろう。

あるいはスミス氏が狭い家を購入して、収入のたびに100ドルを家の分割払いに当てるとしよう。その家が利息その他を含めて、価格が10倍にはね上がったとしても、この屋主ははたして売却したいと思うだろうか？　そんなことをしたら、宿なしになろうし、多額のドルを手中にしても、すぐに消費せざるを得ないのだから。かくして、建築業はストップするだろう。貯金しても通貨が低下するのだから、誰が銀行に預金したりするだろうか？

とどのつまり、イラク戦争をも含めて、潜在的な数千の原理主義狙撃兵たちを抑制するために採られているイニシアティヴは、「世界はあまりに複雑化しすぎていて、とても手慣れた人びとには任せられない」という範疇に陥っているのである。〔2002〕

もっと死人を出したまえ

「レプブリカ」紙が最近報じたところでは、フランス政府はイタリアで既に行われているような、運転免許証のポイント制を導入したらしい。それで、一年後には交通事故による死者の数は18.5パーセント減少するらしい。素敵なニュースだ。だが、車体修理業者団体の会長は、一市民としてもちろん死亡率の低下は好ましいと述べた後で、しかし整備工としては会員たちに困難を惹起することになろう、と述べざるを得なかった。事故が減少すれば、修理も減少する。見てのように、こういう経済的な大損害の結果として、整備工は苦境に陥り、国家の補助を求めるようになるばかりか、あまり統制をきつくしないよう請求する者すら出現してくる。手短に言えば、この報告が正しければ、彼らはもっと車が損害を蒙るように、罰金を少なくしてくれ、と頼んでいるわけだ。

目下のところ私は、彼らがより多くの死人を求めている、と私は示唆するつもりはない。交通事故で殺された人たちは原則として、その車を修理に出したりせず、近親者がその車をすぐにくず置き場に輸送するからだ。けれども死亡者を出さず、軽傷ですんだ少数の軽微な衝突事故ですみ、車がお棺と化したり棒引きにされたりしないのであれば、それは悪い一件ではないであろう。

こうしたレポートに驚くには及ばない。技術革新や進歩は、常に失業を生じさせてきたし、18 世紀の織工たちとともに始まったことなのだ。彼（女）らは無職になる恐怖で織機を叩き壊したのだった。

タクシーの到来は馬車の御者にとって破壊的だったに違いない。私も幼児のとき、老人のピエトロが呼ばれて、馬車でわが家の家族と荷物を鉄道駅まで運んでもらっていたのを憶えている。数年後にはバスが導入された。ところで彼は免許を取りタクシー運転手として新しい職に就くには年を取りすぎていた。だが当時の技術革新のペースはかなり遅かったから、ピエトロが無職になったときには、もう引退の時期が近づいていたであろう。

今日では、事態はもっと切迫している。思うに、より長い平均余命は、その経過が段階的な場合を除き、葬儀社社長や墓地職員に難儀をもたらしただろうし、60 歳代での埋葬者が少いと分かった頃には、70 歳代でも死ななかった 80 歳代の人びとを埋葬しなくてはならなくなっていよう。「人はすべて死ぬ運命にある」という三段論法の源泉のおかげで、こういう商売は決して供給が不足することはないはずだ。将来、科学者たちが不死の秘密ではなくとも、120 歳に平均寿命を急に延ばしうるような薬を発見するならば、葬儀社社長が街路で政府からの財政援助を求める姿を見ることになるかもしれない。

問題がどこにあるかと言えば、多くの場合、革新のスピードが労働という範疇全体に破滅をもたらすだろうという点にある。1980 年代のタイプライター修理屋のことを考えてみればよい。彼らがコンピュータ専門家になるだけの才覚のある若者ならば別だが、そうでなければ失業の憂き目に遭ったのである。

だからすぐ再雇用を保証するための職業訓練を提供することが要請されるわけだ。織機が導入されたとき、織工でにわかに織機製造人になれた者はいなかった。しかも今日では機械は多かれ少なかれ一般化している。それらの物理的仕組は、それらを作動させているソフトウェア・プログラムよりは重要性がはるかに低い。だから、洗たく機を動かすプログラムを創り出せる専門家ならば、車のダッシュボードを規制するプログラムで働き続けるための再訓練をたやすく受けられるだろう。

再雇用の促進の見通しに関わるためには、職業訓練の大半は知的な開発であらねばなるまい。機械のハードウェア、その構造、その物理的成分についてよりも、ソフトウェアについての習熟がはかられねばならないのだ。

だから、大学か就職かという二つの選択肢しか提供しない学校教育のことを考えるよりも、人文科学や自然科学のいずれもの免許を取って卒業する教育組織が存在すべきであろう。たとえば、卒業して下水設備の労働者になる者なら誰でも、自分自身の再雇用を立案し計画するのに必要な知的訓練が必要となろう。

これは民主的で平等主義的な抽象的理想ではないのだ。このロジックは、コンピュータ化された社会での労働のそれと同じであり、この社会では万人に同じ教育が求められるし、最低ではなく、最高の標準に基づいた教育が設計されるのだ。さもなくば、革新はいつも失業を生じさせるだけになるであろう。 [2003]

お許しを得てお話しさせてもらうと

1991年の初め、私が書いた湾岸戦争についての記事の中で、“味方の火薬”は「同じ軍服を着たくそ野郎によりあなたに誤射された爆弾」なのだと述べておいた。最近アメリカ兵により殺害されたイタリア軍事諜報機関員ニコラ・カリパリ事件の後では、読者はおそらくもっと気づいているだろうが、人びとは味方の火薬で死ぬこともあるのだ。でも私の記事に対してその後表われた多数の抗議は、味方の火薬についてではなく、“くそ野郎”（stronzo）という言葉が下品だという点についてのものだった。読者からの数多くの手紙と同様に、ほかの新聞からも厳しく批判されたため、私は別の記事を書き、いかに多くの著名作家も同じ類(たぐ)いの言葉をつかってきたかということに触れざるを得なかった。

しきたりは時を経て変化するものだし、イタリアの出版社リッツォーリはハリー・G・フランクフルトの『でたらめ』（*On Bullshit*）を、15年後の今日では伊訳「*Stronzate*」*5（6ユーロ。一時間で読める）を刊行しても騒ぎにはならない。思うに、フランクフルトはプリンストン大学の哲学の名誉教授なのだが、イタリア語“stronzate”は文字通りには“牛のくそ”を意味する英語Bullshitのタイトルをそのまま翻訳したものだ。しかも、私が15年前に用いたこの語が、イタリア語で使用されている状況は一向に変わっていないのである。

“stronzata”なる語は、役に立たぬためにお金を支払うに値しないものに対しても用いられる（「この電子栓(せん)抜きは、くず（stronzata）だ」）が、通常はこの語は、主張されたり、言い合ったり、伝達されたりするものに対して用いられる――「君が言ったことはでたらめ（stronzata）だ」「あの映画は全くのくず（stronzata）だ。」しかもフランクフルトは“stronzata”に関して優れて記号論的な解釈を行い、その際にもう一人の哲学者マックス・ブラックが“humbug”（ぺてん師）に対して行った定義、「誰かの思考、感情ないし態度についての、とりわけたい

＊5　『くそったれ』の意。

そうな言葉や行為による、虚偽とまでは言えない、人騒がせな誤解」から始めている。

米国哲学者たちは、われわれが口にすることの真正さの問題におおむね敏感なものだから、彼らはたえずオデュッセウスが実在しなかったとしても、オデュッセウスがイタカに戻ったということの真偽を問題にしている。それ故、フランクフルトは第一に、“bullshit”のほうが“humbug”よりどの点でよりきついか、第二に、虚偽ではない何かについて「人騒がせな誤解」を与えるというのはいったいどういう意味なのか、をまずはっきりさせている。

第二の問題を処理する唯一の方法は、聖アウグスティヌスから今日に至るまで、この問題を論じたすべての権威たちを徹底的に検討することだ。嘘つきは自分が言っていることが本当ではないと分かっていながら、欺くためにそんなことを言っている。本当でないと知らずに本当でない何ごとかを言うのなら、その人は可哀そうに、嘘をついているのではくて、ただ間違っているか、気が狂っているか、なのだ。誰かが、「太陽は地球の周囲を回っている」と主張し、そう信じているとする。アメリカ人なら、その人は“humbug”または“bullshit”なことを口にしている、と言うであろう。だが、ブラックの定義では、“humbug”を口にしている者は外界ばかりか、自分自身の思考、感情、態度について人騒がせな誤解を与えるためにそうしていることになるのだ。

嘘つきにも同じことが言える。誰かがポケットに100ユーロあると言ってもそれが本当でなければ、それは当人がポケットに100ユーロあることを信じさせるために言っているのではなくて、当人がそう思っていることをわれわれに納得させるためでもあるのだ。ただし、フランクフルトの説明では、嘘とは違って、“humbug”の主たる目的は事態に関して誤解させるためというよりは、話者の心中に浮かんでいることについて誤った印象を与えるためなのだ。“humbug”の目的がこうであるからには、嘘のレヴェルには決して届かない。フランクフルト教授が挙げている例を用いると、合衆国大統領は建国の師父たちは神に導かれていたという事実について誇大な修辞表現を用いることができるし、またそうしているが、これは嘘偽りなことに気づいているという信念を広めるためではなくて、自分が祖国を愛する信仰深い人物であるという印象を与えんがためなのだ。

“humbug”とは反対に、“bullshit”の主要特徴は、それがわれわれに何かを信じさせるために提示された偽陳述なのではなくて、話し手本人には自分の言っていることの真偽にいかなる関心もない、という点にある。「まやかし屋（bullshitter）が……を隠しているという自分自身についての事実、それはこの陳述の真価が主要関心事ではないということなのだ。」

われわれの耳はこのような陳述にすぐさまくいつくし、もちろんフランクフルトはわれわれの最悪の疑念を強めてこう言っている――「広告と宣伝の世界や、今日では密接に絡んでいる政治の世界は、まやかし（bullshit）の事例ですっかりあふれているから、それらの事例がこの概念のもっとも明白かつ古典的なパラダイムとして通用するほどだ。」

まやかしの目的は事態を誤り伝えることにあるのではない。真偽を辛うじて判別できるリスナーたちや、そういう陰謀に無関心な人びとにインパクトを与えることにあるのだ。思うに、まやかしを語る人びとは、リスナーたちの貧弱な記憶力――このせいで、彼らは永続的で矛盾したまやかしの流れを話題にすることができるのだが――を頼りにしているのだ。「まやかし屋はいかに熱心かつ入念に取りかかろうとも……彼がやろうとしているのは、何かをうまくやり抜くことなのだ。」　［2005］

融和的な撞着語法(オクシモロン)

ほんの数年前には、“撞着語法”なる語を用いるとき、それがどういう意味かを説明しなければならなかった。たいていは、“平行収斂(しゅうれん)現象”のような周知の例を引用して、相矛盾する２語を組み合わせると撞着語法が生じると説明されてきた――たとえば、「強弱」、「絶望的な希望」、「寛大な暴力」、「無意味な意味」や、ラテン語の“formosa deformitas”（きちんとした歪み）、“concordia discors”（不調和な調和）、“festina lente”（急がば回れ）といったように。

今や撞着語法は大流行している。それは出版物によく出現しているし、私は政治家がTVでそのことを話題にするのを聴いたこともある。誰でも修辞学に関する論文を読んだであろうし、そうでなくとも、撞着語法的なものは知れ渡っている。こんなことは何かの前触れなぞではない、と言ってもよかろう。ことばの流行は怠慢や模倣を通してずっと行われている。ある流行はつかの間しか続かないが、もっと長続きするものもある。1950年代の若者はよく“bestiale”（馬鹿げた）と言っていたが、最近では“assurdo”（非常識だ）と言っている（こうは言っても、別に動物学やイヨネスコ*6のことを指しているわけではないが）。“un attimo”が“un attimino”（ちょっと）になったからとて、別に時間が縮まったわけではないし、（教会での結婚式で）“sì”（はい）の代わりに“esatto”（そのとおりです）と言ったからとて、何も数学的正確さを期しているわけではなくて、TVのクイズ番組の影響のせいなのだ。

とはいえ、撞着語法がますます流行しだしたのは、われわれの住む世界では、ときには不当にも矛盾を生じさせたり、一義的なものの観方を

＊6　ウジェーヌ・イヨネスコ（1912-1994）不条理劇(アブシュルド)で知られている。

強いたりしようとするイデオロギーが消失してしまったからではなかろうか。今や、論争は相反する立場からでだけ行われているのだ。抗しがたい一例を挙げるなら、われわれの抱く仮想現実とは、むしろ具体的な無みたいなものなのだ。だから、聡明な爆弾というとき、それは撞着語法のようには見えないが、爆弾というものはその本性上、愚かだし、それが投げられた場所に落下するはずだということを考慮する場合には撞着語法なのである――さもなくば、爆弾が好みのことを実行するとしても、それは好意的な火事、素晴らしい撞着語法にあえてなろうとするだろうし、火事だと言ったとしたら、それは友ではない誰かを傷つけるために引き起こされたものを意味するだろう。自由の輸出とても、自由とは定義上、ある人口ないし集団が、他人からの強制によってではなく、個々人の決心により獲得する何かである以上、それはかなり撞着語法的なように思われる。こう考えてみると、利害の対立とても明らかに撞着語法である。なにしろそれは、公共の善を追求する私的な利害、または特定個人の利益を追求する共通の利害と解釈できるからだ。

私が指摘しておきたいのは、反グローバル運動のグローバルな動員は、平和軍や人道的干渉（この干渉がどこかの国での一連の軍事行動を意味するならば）と同じく、撞着語法的だということだ。左翼ファシストの選挙プログラムから察するに、それらの多くは家庭に密着しているようだし、また教権擁護派の無神論者たちはかなり撞着語法的に思える。私は人工知能とか電子脳（この脳がわれわれの頭蓋骨内の柔いものであって、魂の入った胚（はい）を忘れていないものと仮定しての話だが）のように、すっかり馴染みになってしまった表現を排除するつもりはない。同様に超党派にとどまるために、私見では強制的社会奉仕（ヴォランティア）という、中道左派[*7]により推されている提案もまさしく撞着語法的である。

＊7　オリーヴの党のこと。

要するに、両立不能な考えの意味をもはや理解できないとき、人びとは融和的な撞着語法に訴えて、共存不能なこと——イラクへの和平派遣団、イタリアの反司法組織法、TVに基づく政治、議会での茶番行為、未公認の風刺の追放、ポルトガルの町ファティマの第三の秘密のような回顧的予言、アラブの神風、ベルルスコーニを支援する1960年代の学生運動、リベラル人民党——が共存可能だという印象を与えようとしているのだ。また最後に、事実上同棲していながら離婚している女性たちの反対する同性婚*8とても同じだ。 [2006]

人々の"序文"欲

これから話そうとしていることは、私だけに起きたことではなく、書物なり論文なりを刊行し、当の分野で或る種の権威として通っているすべの人びとにも振りかかることである。だから、大詩人とか、ノーベル賞受賞者とか、名誉教授とかだけに振りかかることだと思わないで頂きたい。同じことは何も公刊したことはないが、地方の仲間内では学があり尊敬されるべき信頼に値する人として通っている、田舎の中学校長にも当てはまる、と思われる。また、別に学があるとか頼りになるとか思われてはおらず、たぶん尊敬されてもいないのだが、トークショーにパンツ姿で出演しただけで有名人になった人びとでも同じことは起きるであろう。

つまり、他人の本のために序文を書くよう求められること、こんなことは誰にも振りかかるのだ。この種の求めに対して、各人各様に反応するし、人によってはそれを歓迎すべき公認の表われと受け取るだろう。

＊8　PACS（連帯責任で共同生活するための条項）。

しかし、私のような者は、あらゆる主題に関して、月に１ダースも要請されているのだ、――それも立派な同僚とか、自費出版したへぼ詩人とか、デビューしたばかりの小説家とか、新しい自動運転自動車の発明者といった、ありとあらゆるジャンルの人びとから。

私としては（あらゆる原稿をとても読めはしないし、タクシー・メーターみたいな序文執筆者の一人に思われたくないので）いつもお答えすることにしている――沢山の親友にもお断りしてきたため、もし私が部外者に対して快諾したとすれば、無礼と思われることでしょう、と。ことは大抵これで終わる。だが依頼者が友人の場合、私はより詳しい手紙を書いて、自分が幾十年間、書物の世界での経験から学んだことを説明することにしている。私がお断りする理由は、ご当人から出版上の災いを免れさせるためなのです、と説明している。

序文がまずいことにならぬのは二つの場合だけだ。一つは、序文対象者が故人の場合だ。この場合には、若い学者でも『イリアス』新版を紹介することができようし、そのことでホメロスが傷つくこともなかろう。もう一つは、著名かつ尊敬されている著者が、デビューしたての若い人材（タレント）のために序文を書く場合だ。こういうことは、デビューしたての著者は気にかけないだろうし、むしろ誇らしく思うであろう、一つの温情主義行為なのだ。なにしろ、ご当人は無比の序文執筆者を崇拝し賛美しているわけだし、その処女作の成功が保証されるだろうことに満足するからだ。

前者の場合は生者が故人に寄せる序文だし、後者の場合は古参が若人に寄せる序文である。その他のケース――現役の学者が現役の著者に寄稿するとか、成人が成人に寄稿する場合――は、序文の対象者にとり致命傷となる。

筆者であれ出版者であれ、一般に序文を依頼するときには、その序文執筆者がより多くの部数を販売する手助けをしてくれるものと期待している。そうした効果のある場合もあるが、明敏な読者には次のような具合に伝わる——「本書の著者について私は何も存じません。序文執筆者の援助が必要なのは、私がご本人のことを何も存じ上げなくてもよかったということなのです。つまり、この著者は最近の作家にすぎなくて、序文執筆者は、友情・同情・政治上の連帯、あるいはもしかして、金銭やセックス・アッピールと引き換えにお手伝いをしているのです。」

仮に私が本屋に入り、ヴィルヘルム*9後のドイツの回想録に関する本を見つけたとしよう。私の最初の反応は、「あれまあ、何と俺は無知だったんだ。この作者のことは何も知らなかった。この著者はポストｰヴィルヘルム時代のドイツに関する大家に違いない！」これは自然な感情だ。ところで、ある会議で誰かが私の聞いたこともない誰それの本に言及したとすると、私の最初の反応は（私に分別があるならば）カルチャー不全を覚えて、遅かれ早かれこの著者を探そうと思うことだろう。だが、書店で誰それのこの仕事を発見し、そこに大物による序文を読むと、心はただちに安堵する。もちろん、私はこの誰それのことは知らなかった。してみると、この著者が知られるためには手助けが必要なことは明らかだ。

こういう考え方は、もちろん、自明で、筋が通り、説得力があると思うし、だから、人から序文を書くよう頼まれたなら、その人に説明して、こう付け加えることにしている——「個人的には、私は人から序文を書かれるのを好みません。逆に大学教授が学生のために序文を書く慣行に私は反対です。なにしろ、それは（上掲の理由により）執筆者の若さ・未熟さをさらけだす、もっとも致命的なやり方だからです。」

それでもたいてい、相手からは納得されないし、私の考えは悪意によ

＊9　ドイツ帝国ホーエンツォレルン家の第三代皇帝。ヴィルヘルム１世の孫。1888年29歳で即位。

るものと疑われる。そして私は老いるにつれて、私が謝絶して助けてあげようとしたにも拘らず、多くの人びとは私に敵意を示すようになっている。

そうはならなかったとしても（実際に起きたことなのだが）、当人が自費出版する際、私の丁重な拒（こと）わり状を序文に付したりしている。人間の“序文”欲はかくの如しなのだ。［2006］

間違いをしでかす非同志

“秘め事”（La storia nascosta）なるウェブサイトでは、私がスペインの「エル・パイス」紙上で語ったと思しき何かが引用されている――「赤い旅団は多国籍企業と闘おうと考えたのは正しかったが、テロリズムを信じたのはまずかった。」これが言わんとしたのは、「間違いをしでかす同志」なる常套句には同意するし、また「理念には同意するが方法には同意できない」ことを認める、という意味だった。そして結論としては、「これはアルド・モロ殺害の30年後のイタリア文化への理論的な寄稿なのだが、われわれはすでに観たことのある映画を前にしているのだ。不幸にも」とあった。

しかしこのサイトには検閲者からのコメントの他にも、匿名の者からのこんなもっともな言葉も含まれていた――「エコ教授がこれほど陳腐なことを言ったのかは疑わしい。『フーコーの振り子』には、わけても1960年代や1970年代の「赤い旅団」への彼自身の評価が含まれているが、これはもちろん、テロリズムの世界を賛美してはいない。私としては、新聞紙上の記事ではなく、彼本人の正確な言葉を知りたいものである。」

他方、このウェブサイトに登場している人物は私の『フーコーの振り子』を読んだこともなく、アルド・モロが誘拐され殺害されたときに私が「ラ・レプブリカ」紙に寄せた記事（後に『欲望の七年間』*10 所収）も読んではいなかった。こういうことは彼の権利だし、私は死ぬ日まで彼の権利を擁護したい。でもどうやら彼は「エル・パイス」紙上の私とのインタヴュー記事も読まなかったらしい。数行に要約しているイタリアの新聞の囲み記事に基づいていることは明白だ。不完全で誤った前提から結論を下すのは論理のエラーだ。

けれども私としては、注意深い匿名寄稿者や、この不気味なウェブサイトを見つめていてすべての確信を惑わされるかもしれぬ人びとへの敬意から、お答えしておきたいと思う。

私がスペインのインタヴューで述べたことは、30年前に私が書いたことと同じだったのだ。つまり、新聞各紙はいわゆる「多国籍たちの帝国主義国家」について語られたときの赤い旅団の声明を「狂っている」と書いたが、他方、やや華やかな言葉で表現されているとはいえ、理念だけは狂っていなかった——この理念が彼らのものではなくて、欧米の出版物、とりわけ、「マンスリー・レヴュー」からの借用だったことは別だが——と私は述べたのである。

当時、多国籍者たちの国家ということを語れば、その意味は、世界政治はもはや個別政府によってではなく、（戦争や和平の問題についても決定できるような）超国家の経済圏によって決定される、と信じることだったのだ。当時の筆頭の実例は、七姉妹として知られた、七つの石油会社（世界の石油産業を支配していた）だった。しかし今日では、子供たちですらグローバリゼーションのことを話しているし、グローバリゼーションとは、人びとの食べているレタスがブルキナファソ（南アフリカ）で育てられ、香港で洗って箱詰めされ、ルーマニアに送られてから、

＊10　*Sette anni di desiderio* (Bompiani, 1983).

イタリアやフランスに供給されることを意味する。さらに、それは多国籍の人びとの政府のことであり、この実例が陳腐に見えるなら、考えてみられよ――アリタリア航空の将来についてイタリア政府が決定する際、いかに広範ないろいろの超国家的な航空会社が影響力をもちうるかを。

赤い旅団やその他のテロリスト集団のことを考える際に真に狂っていたこと、それは第一に、多国籍者たちと闘うには、イタリアで革命を起こさざるを得ない、第二に、多国籍者たちを動揺させるためには、モロやその他の多くの善良な人びとを殺さざるを得ない、第三に、自分たちの行動がプロレタリアートを革命に導くだろうということ、こういう結論を引き出したという点にある。

何よりも第一に、一国だけの革命と多国籍のそれとはほとんど違いがなかったであろうし、いずれにせよ、国際的な圧力がすぐさま秩序を回復させたことであろう。第二に、この種の利害ゲームにおいて一イタリア政治家の影響力は全く無関係である。第三に、テロリストたちがいかに多くの人を殺害したとしても、労働者階級が革命に誘引されたりはしないことを悟ったはずだ。そしてこういうことを理解するために、事件展開を予測する必要はなかったのだ。プロレタリア大衆が労を惜しんでいる間に（アルゼンチンの中佐たちに対して、革命ではなく、クーデターを遂行するようどうにか説き伏せたような）南米ウルグアイの過激都市ゲリラ（トゥパマロス）や同種の運動で生起したことを一瞥するだけでよい。

ところで、誰であれ大体において容認できる前提から３つの誤った結論を導きだすなら、その者は間違いを犯す仲間でしかない。私の学友の一人が、太陽は昇ったり沈んだりするのだから、太陽は地球の周りを回転しているのだと言ったとしたら、私は彼を間違っているとは言わずに、間抜けと言ったであろう。 ［2008］

謝罪すること

私は以前、謝罪する最近の一般化した傾向について述べたコラムの中で、一例としてジョージ・W・ブッシュによるイラクに関しての後悔を用いた。してはいけないことをしてから、ただ単に《すみません》を言うだけでは十分ではない。まず第一に、再びそんなことをしないと約束しなければならない。ブッシュは米国人が彼の責任を免除したために二度とイラク侵攻をしなかったが、もしできれば再び侵攻したかったであろう。多くの人は石を投げてから手を隠して、《ご免なさい》と言うが、それは再び前と同じようにできるからにほかならない。謝罪するのは大したことではないのだ。

それは後悔したマフィア犯人の話に似ている。かつては自分の犯罪を悔いた男はどうにか罰金を支払ってから、罪の償いをすべく隠遁(いんとん)生活を送り、胸を尖った石で叩いたり、アフリカでハンセン病患者の世話をしたりした。今日では悔いる者は元の共犯者たちを告発してから、秘密の快適な場所で新しい身分を周到に配慮したり、あるいは早目に監獄から釈放されて回顧録を書いたり、インタヴューを受けたり、県知事に会ったり、少女たちからロマンチックなラヴレターを受け取ったりしている。

インターネット上では、「謝るための文言集」なるウェブサイトまで存在する。もっとも格言風なものは「謝罪の仕方」と称するサイトであって、これは不誠実だった恋人だけを対象にしており、こんなアドヴァイスをしている——「大事な普遍的ルールは、謝罪するとき自分を負け馬とは決して思わないことだ。《すみません》は弱さの同義語ではなくて、支配や力と同義なのだ。それはただちに分別に立ち返り、傾聴せざるを得なくなるように相手にフェイントをかけることを意味する。あなた自身のエラーを認めることは、解放のジェスチャーでもあるし、それは感情を表わさずにこれを打ち明けたり、感情をより強力に味わったりするのを助けてくれる。」あたかも、《すみません》はもう一度やり直す力を奮い立たすことを意味する、とでも言わんとしているかのようだ。

間違ったことをしでかした相手が今なお存命ならば、自ら謝ればよい。だが当人が死んでいれば？　法王ヨハネ・パウロ２世は、ガリレオ裁判に謝罪したとき、その方法をさし示した。かりに先人の一人が犯した間違であっても、《すみません》を言うのは、本物の後継者だ。たとえば、無辜（むこ）の人を虐殺した者に代わって、いったい誰が謝るべきなのか？　イェルサレムの支配者ヘロデ*[11]は犯罪人だったのだから、イスラエル政府は彼の唯一の本物の後継ぎである。ところが、聖パウロがわれわれに信じ込ませようとしたこととは反対に、イエスの死の責任は邪悪なユダヤ人にではなく、ローマ政府にある。十字架の根元に居合わせたのは、（古代ローマの）百人隊隊長たちであってパリサイ派の人たち*[12]ではなかった。神聖ローマ帝国が終焉してからは、ローマ政府を唯一継承したのはイタリア国だけだ。したがって、イタリア大統領ジョルジョ・ナポリターノ*[13]はキリストをはりつけにした罪を謝るべき一人ということになろう。

ヴェトナム戦争では誰が謝罪するのか？　これは合衆国の次期大統領がやるべきなのか、ケネディ家の一人がやるべきなのか、判然としない。ロシア革命やロマノフ王朝*[14]の一族の殺害者については疑問の余地はない。レーニン主義（プロレタリアの独裁）やスターリン主義の唯一の直正かつ正統な後継人はウラジーミル・プーチンだからだ。ではサン・

＊11　（前73?-前4）幼児キリストを殺害すべく、ベスレヘムの幼い男児を皆殺しにしたと言われる。

＊12　古代ユダヤ教の一派。律法の精神をないがしろにして、形式を重視した。

＊13　（1925-　）第11代イタリア大統領（2006-2015）。

＊14　（1613-1917）ロシアに君臨していた。

バルテルミの虐殺*[15]に関しては？　君主制を継承したのはフランス共和国だが、事件の背後にいた指導者はメディチ家の女王カトリーヌ*[16]だったのだから、今日、謝罪する仕事はカルラ・ブルーニ・サルコジによりなされるべきであろう。

さらに、いいさか御しがたいケースもある。プトレマイオスは対ガリレオ裁判の真の責任者だが、彼により引き起こされたごたごたに誰が謝罪するというのか？　一説では、彼は、現リビアの一部であるプトレマイス生まれだったというから、謝罪すべきはムアンマル・アル＝カッザーフィー*[17]だったということになろうが、しかし、もしプトレマイオスがアレクサンドリア生まれだとしたら、責任はエジプト政府にあるということになろう。絶滅キャンプに謝罪すべきは誰なのか？　ナチズムの唯一の継承者はネオナチ運動だが、彼らはどうも謝罪したいようには見えない。それどころか、できればもう一度絶滅キャンプをやりかねない。

またイタリアでは、ファシスト時代のジャコモ・マッテオッティやロッセッリ兄弟のような社会主義者たちの暗殺に対しては、いったい誰が謝罪しようとするのだろうか？　［2008］

太陽は今なお回っている

遺伝学者エドアルド・ボンチネッリはボローニャ大学で進化論、その

＊15　1572年8月24日、フランスのカトリック教徒がプロテスタントを大量虐殺した。
＊16　（1519-1589）フランス王アンリ2世の王妃。
＊17　カダフィ大佐。1969年9月リビア革命により軍事政権を樹立。2011年、「アラブの春」で10月20日に殺害された。

起源と展開について一連の講義を最近行った。私がひどく驚いたのは、進化論（その新ダーウィン的展開も含めて）についての今日では明白な証明というよりも、それに反対する人びとからばかりか、賛同する人びとからも、多くのナイーヴかつ混乱した考え方が出回っているという事実である。たとえば、ダーウィン説による、人は猿に由来するのだという考え方を採り上げてみよう。（現代の人種差別主義の事例を見れば、混血について皮肉なコメントを行った無礼なパリっ子に対してデュマが行ったように、「私はひょっとして猿に由来するのかもしれませんが、あなたさまは先祖返りをなさっている[*18]のですな？」と答えたくなるであろう。）

世論は想像以上に進化していないものだが、科学はいつもこういう世論に対処しなければならないのだ。教育を受けたわれわれは、地球が太陽の周りを回転するのであって、その逆ではないことを知っているが、それでも日常生活ではわれわれはナイーヴな認識力を発揮して、《太陽は地平線上に昇り、空高く達してから沈む》と呑気に言ったりしている。しかし、はたして“教育のある”人びとはどれだけいるだろうか？1982年に雑誌「科学と人生」（*Science et Vie*）が行った調査によると、フランス人の三人に一人は、太陽が地球の周りを回転すると思っていたらしい。

このニュースは「研究所ノート」（*Les Cahiers de l'Institut*）2009年4号による。これは狂った文科生（フー・リテレール）たち（つまり、ありそうもない説を唱える多かれ少なかれ常軌を逸した全員）を調査する国立研究所の刊行物だ。フランスはこの分野をリードしており、私はかつて「ミネルヴァの知恵袋」欄（コラム）で、指導的なエキスパート、アンドレ・ブラヴィエの死に関する論考をも含めて2回（1990年と2001年）同誌を参照したことがある。

＊18　「人間から猿が生じた」と主張すること。

でも、この「研究所ノート」本号においては、オリヴィエ・ジュスタフレは地球の運動やその球形を否定する人びとを話題にしているのである。

それによると、コペルニクス説は1600年代末までは、優れた学者たちからさえ否定され続けたし、しかも、19・20世紀に公表された研究の数は夥しいのである。ジュスタフレが言及しているのはフランスの刊行物だけなのだが、これらだけでも十二分なのであって、マタレーヌ神父は1842年に、太陽は直径32センチメートルだという、22世紀も以前にエピクロスの唱えた考え方を立証したし、ヴィクトル・マルクッチによれば、地球は平坦で、コルシカ島がその中心を成している、としたのである。

19世紀ならまだしも、レオン・マクスの『実験科学の合理化試論』(*Essai de rationalisation de la science expérimentale*)は有名な科学書出版社により1907年に発行されたし、また『地球は回っていない』(*La terre ne tourne pas*)はボジョ・ライオヴィチなる者により執筆され、1936年に刊行されたのだが、彼によると、ブエレ神父が1815年に主張したのとは反対に、地球は月より大きいという。1935年にギュスタヴ・プレザンは理工科学校のOB(アンシャン・エレーヴ)だと自称しながら、『地球は回っているのか？』(*Tourne-t-elle?*)なる劇的なタイトルの著書を刊行したし、1965年にもなって、同じ理工科学校のもう一人のOBモーリス・オリヴィエは、またしても地球の位置は固定している、と主張する本を発刊した。

ジュスタフレの論文でフランス以外に言及されているのは、サミュエル・バーリー・ロウボサムの著書だけなのだが、この著書では、地球は円盤状で、その中心に北極があり、太陽から650キロメートル隔っているとされている。ロウボサムの著書が発行されたのは1849年で、タイトルは『真理探究の天文学——地球は球体ではない』(*Zetetic Astronomy: Earth Is Not a Globe*)となっていた。しかも30年間に彼の著書は430頁に拡大されたし、それは世界真理探究学会を創設させたのであり、この学会は第一次世界大戦まで存続したのである。

1956年、王立天文学会会員サミュエル・シェントンは世界真理探究学会の遺産を継承すべく、平坦地球学会を創設した。米国航空宇宙局（NASA）は1960年代に宇宙からの地球を写真に収めたし、この時点でもう誰も地球が球体だということを否定し続けることができなくなったのである。だがシェントンの主張では、こういう写真は無学な者の目を惑わすことができただけなのだ。つまり、全宇宙計画はいかさまだったのであり、月面着陸は球状の地球という誤った観念で公衆を欺くことを意図した映画的幻想だった、という。シェントンの後継者チャールズ・ケニス・ジョンソンは、平坦地球説に反対する陰謀をなおも糾弾し続けて、1980年には、地球回転説はモーゼやコロンブスがこれと闘ってきた、一つの陰謀なのだ、と主張した。ジョンソンの主張のするところによると、仮に地球が球体だとしたら、厖大な水面はカーヴしているはずだが、彼がタホウ湖*[19]やソールトン湖*[20]の水面を検査したが、いかなる湾曲状態も見られなかったという。

してみると、今なお反進化論者が活動していても何の不思議があろう？

［2010］

やってはならぬこと

誰かがあなたの文学作品または芸術作品について無礼な見解を表明し

＊19　米国カリフォルニア州東部からネブラスカ州西部にまたがっている湖。

＊20　米国カリフォルニア州南部からメキシコにかけての湖。1906年コロラド川のはんらんによりできたもの。

たとしても、告訴してはいけない——たとえ、彼らの言葉が、残酷な批判と侮辱とのよくある狭い境界を越えるものだとしても、だ。1958年のことだが、威勢がよくて論争好きな音楽批評家ベニャミーノ・ダル・ファッブロが「イル・ジョルノ」紙に寄稿し、その中で彼が少しも好んでいなかった歌姫マリア・カラスの上演を猛烈に攻撃した。彼がどう言ったのか、正確には憶えていないのだが、この人好きのする皮肉屋がミラノはブレーラ地区のバル・ジャマイカで友人たちの間に流布させた、こんな警句的表現——「エピダウロス*21出身の歌い手はトマトみたいだった」*22——のことは憶えている。

マリア・カラスは寛大な人物ではなかったから、激怒し、訴訟を起こした。私の記憶では、ダル・ファッブロはバル・ジャマイカでこんな話をした。つまり、彼の弁護人が弁護することになっていた日に、ダル・ファッブロは黒服で公判に出廷した。こうして、弁護人から指名されたとき、彼は厳格で清廉潔白な学者のように見せようと思っていた。ところがカラスの弁護人（この人物はダル・ファッブロの言によると、彼をあたかもヨナ*23として描述するような意地悪なストーリーを口に出しかねなかった）の番に当たる日に、弁護人はリンネルの軽装をし、麦わら色のパナマ帽をかぶって現われたのだ。

当然ながら、法廷はダル・ファッブロの批判する権利を認めて彼を赦免した。ただし、この話の面白いところは、一般大衆は新聞紙上の主張に従い、自由に信念を表明するための憲法上の個人的権利や法律に関していささか誤解していた。だから、大衆は法廷の判断を批評家の表現の自由への承認としてではなく、《カラスの歌い方が下手だった》という

＊21　ギリシャの港湾都市。ギリシャ神話の名医アスクレピオスの聖地ともされている。

＊22　“La cantante d'Epidauro—meritava un pomidauro.”

＊23　不吉な人物、不幸をもたらす人物、の意。

彼の言い分に御墨付きを与えたものと解したのである。

こうしてみると、あなたを侮辱した人びとに対してはどうしたものか？　放置しておくのがよい。もしも文芸に関わるとしたら、批判されることを覚悟せねばならないのだ。これはこういう仕事の一部なのであり、そしてあなたが願うべきことは、幾百万の読者が将来はあなたの敵が間違いだと証明するだろうということなのだ。ルイ・スポールはベートーヴェンの第五シンフォニーを「騒音と卑俗さのばか騒ぎ」だと書き、トーマス・ベイリー・オルドリッチはエミリー・ディキンスンについて「彼女の短詩の支離滅裂さと無定形さ――このほかには定義のしようがない――はものすごい」と書いたが、彼らに対しては歴史が判定を下したし、支配人メトロ・ゴールドウィン・メイヤーがフレッド・アステアのオーディションを行った後で述べたコメント――「芝居にも歌にもなり得ない。はげ山だ。ダンスは少しましだが」――に対しても歴史が判定を下している。

［2012］

素晴らしいモルタック（モルタルク）錠剤

私の関節炎の治療薬を医者が処方してくれた。私は冗長な法律上のもつれを避けるため、虚構名モルタック（モルタルク）を付けようと思う。理非をわきまえた人ならやるように、服用する前に私も貼付のビラを読んだところ、服用すべきでない場合が記されてある。たとえば、ウォッカ１びんを飲んだときとか、ミラノからシチリアへの夜行トラックを運転しなければならぬときとか、ハンセン病を患っているとか、三つ子を妊娠しているときとかである。

ところで、このビラの指示書きでは、モルタックを服用すると、顔・唇・首のぬくみといったアレルギー反応や、疲労・めまいや、老人の場合には、視力の低下・かすみや、失明や脊髄損傷や、心臓および／または腎臓失陥や、尿器の諸問題を惹起しかねない、とある。患者によっては、自殺や自傷行為を犯すことがあるし、こういう場合には、ビラによると、ドクターを呼ぶよう勧めている——ひょっとすると、患者が窓から飛び降りようとしかねないからだ（こういうときは、消防局に連絡をするのが望ましかろうが）。もちろん、モルタックは便秘・腸不全、ひきつけには効き目がある、ただし他の薬を一緒に服用すると、呼吸困難や昏睡状態に陥りかねない、とある。

自動車運転は論外だし、同じく、摩天楼の51階で腰ひもで吊るされながら、複雑な機械や圧搾機械を操作する場合も論外だ。もし規定量以上のモルタックを服用すれば、錯乱・眠け・興奮・不眠を覚えるのを覚悟しなくてはならない。もし規定量以下を服用したり、服用を中止すれば、寝つきの悪さ・頭痛・目まい・不安・けいれん・憂うつ症・発汗・目まいに見舞われるかもしれない。

十人中一人以上が食欲増大・神経圧迫・錯乱・活力喪失・かんしゃく・注意力低下・ものぐさ・記憶力低下・震え・言語障害・耳鳴り・無気力・不眠・疲労・視力低下・複視・めまい・平衡感覚の欠如・ドライマウス・吐き気・鼓腸（こちょう）・勃起不全・腫瘍・中毒症状・不安定動作にかかる。

千人中一人以上は血糖値低下・歪んだ自己認識・意気消沈・気分動揺・語彙想起の困難・記憶喪失・幻覚・混乱した夢・パニック・無気力・違和感・オーガニズム到達不能・射精の遅れ・難事を作り出す想念・無感覚・不規則な眼球運動・反応力不全・皮膚の敏感・味覚喪失・燃焼感覚・震え・注意力低下・失神・騒音知覚の増大・ドライアイおよび眼球のふくらみ・目やに・異常な心臓鼓動・低血圧・高血圧・不安定な血管運動・呼吸困難・乾燥鼻・腹部膨張・だ液分泌の増加・胸やけ・口の周囲の感覚喪失・呼吸過多・身震い・筋肉収縮とけいれん・関節

炎・背中の痛み・手足の痛み・失禁・排尿の困難と痛み・弱気・落ち込み・喝き・胸の締めつけ・肝臓機能異変を経験する。千人中一人以下に生起することは忘れよう。あまりに過度に落胆することはできない。

私は一錠だけの服用は避けた。（不朽の人ジェローム・K・ジェローム*[24]も想像したように）効能書きが言及していなくとも、お手伝いさんの膝にすぐさま倒れ込むだろうことを確信しているからだ。錠剤を投げ捨てることも考えたが、もしもごみ箱に投げ込めば、鼠の集団を突然変異させて悲惨な結果を生じさせる危険を冒したことであろう。だから、私は錠剤を金属製の箱の中に収めて、公園で深く埋めたのである。

そうこうするうち、私の関節炎は消え失せたことを言っておかねばならない。

〔2012〕

ジョイスとマセラティ

クリスティーズとかサザビーズのようなオークション屋のカタログを眺めると、芸術品、古書、手稿、雑多なかたみのほかにも、いわゆる記念品（メモラビリア）なるものにぶつかる。映画スターのはいた靴、ロナルド・レーガン愛用の万年筆、等々に。風変わりな品物蒐集（コレクション）とフェティシズム的な記念品あさりとは区別しなければならない。たとえ『神曲』の揺籃（ようらん）本の購入にあり金をはたくとしても、コレクターが少々狂っていることに変わりないのだが、その情熱は正当化されよう。コレクター用雑誌を眺めると、砂糖の包み紙、コカコーラのびんのふた、テレフォンカードを蒐（あつ）めている人びとが見つかる。ビールのキャップより切手蒐めのほうがましだとは思うが、興味に値段はつけられない。

＊24　（1859-1927）イギリスの作家。代表作に『ボートの三人男』。

映画スターのはいた靴を入手しようとして、あり金をはたくのは別だ。ジョルジュ・メリエスを初めとして、映画スターのはいた靴をすべて蒐集するとしたら、あなたはコレクターだし、その狂気は意味をなすことになるが、でも、片方だけならどうするだろう？

最近、「ラ・レプブリカ」紙上（3月28日号）で興味深いニュース・コラムを発見した。一つは伊政府がイーベイ（eBay）で専用車をオークションにかけるというもの。マセラティの車に幻想を抱いて、それがマイル数も高く、修理代に多額を投じなければならぬと分かっていながら、バーゲン価格で一台購入しようと決める人がいても、それは理解できる。だが、大臣たちを運ぶために公金で購入した自動車を、カー雑誌に載っているとおり、２・３倍の価格で買うために、何千人もが張り合う意味はあるのか？

けれどもこれはまさに起きていることなのだ。これこそ全てのフェティシズムだし、（たんなる次官や補佐官のおしりが当ったところにぜいたくな大金を投入する人たちは言わずもがな）有名人に温められた皮シーツの上に座ったところで、いったいどんな満足が得られるのかは理解しがたい。

さてもう一つ、同紙の二頁にまたがって出ていた別の事柄に移るとしよう。イアン・フレミング*[25]が26歳のときに書いたラヴレターがオークションにかけられて、66,000ユーロで落札されるものと予想されているという。このラヴレターでは、若き当事者はいまだそれほど秘密を守ることなく、こう書き記していた——「きみの口、胸、下腹部にキスしたいよ。」

私的なラヴレターを蒐集するのは悪いことではないし、手紙に関して

＊25　イアン・ランカスター・フレミング（1908-1964）。《007シリーズ》の作家として有名。

なら、好色的なもののほうが、そうでないものよりも面白いと思われるかもしれない。コレクターでない人にとってさえ、ジェイムズ・ジョイスがノラ宛に書いた手紙――「君に言ったとおり、僕は君の子供なんだ、だから僕に手厳しくしなくちゃならん……僕を平手打ちしたり、むち打っておくれ。いいかい、遊びじゃなく、真剣に、僕の生身にね。」――や、またオスカー・ワイルドが親愛なアルフレッド・ダグラス卿に書いていた手紙――「不思議なことに、あなたの赤いバラの花弁のような口唇は、音楽や歌へと熱狂させた以上に、キスへと熱狂させたのです。」――、これらは偉人たちについての素晴らしい話のねたになるであろう。

ただし、文学史や文芸批評がこういう加工品によく価値をおいているのは不合理というものだ。26歳のフレミングが好色な若者にありがちな手紙を書いていたと知ったところで、そんなことは、われわれがジェームズ・ボンド物語を楽しんだり、この筆者の文体を評価したりするのに何らの重要性もないではないか？

ジョイスのエロティシズムを一つの文学的事実として知るためには、『ユリシーズ』、とりわけ最終章を読めばよいのだ――たとえ、この筆者が清い生活を送ったにしても。ある偉人たちにあっては、その書き物はわいせつなものでも、その生涯は貞潔だったが、ほかの偉人たちにあっては、その書き物は貞潔だが、生涯はみだらだった。マンゾーニはベッドではみだらな少年だったし、しかも彼の色情症（サチリアジス）のせいで二人の妻が亡くなったということが明るみに出れば、彼の『婚約者』に対する世人の見解がはたして変わるだろうか？

［2014］

ナポレオンは実在しなかった

私はジャン－バティスト・ペレなる者によるパンフレット『ナポレオ

ンは実在しなかった』のイタリア語旧訳 *Napoleone non è mai esistito* (1914) を以前から所蔵している。だが最近になって入手した1835年初版のタイトルは *Grand Erratum, source d'un nombre infine d'errata*（『大ちょんぼ。無数のエラーの源』）となっている。著者によれば、ナポレオンはたんなる太陽神話である。そして多数の証拠を挙げている——類例は太陽神アポロンに見られるし、“ナポレオン”は“本物の破壊者アポロン”を意味するらしい。両者とも地中海の或る島に生まれた。ナポレオンの母の名レティツィアは「暁」を意味するし、レティツィアはアポロンの母の名ラトナに由来する。ナポレオンには3姉妹（明らかに美の3女神）*26 4兄弟（四季を象徴）、そして2人の妻（月と地球）がいた。彼の12人の軍の高官は12宮*27の象徴だし、太陽と同じく、ナポレオンは真昼を支配したし、北極ではかげった。

ナポレオンはフランス革命の天罰に終止符を打ったが、このことはわれわれにアポロンによる（デルフォイ近辺での）大蛇ピュトン退治を想起させる。太陽は東から昇り、西に沈むし、ナポレオンはエジプトからやって来てフランスを支配し、12年間の統治（日中の12時間にほかならない）の後で没した。「したがって、われらの世紀の想像上の英雄は、その属性がすべて太陽からの借り物である、一つの寓意的キャラクターにほかならない。」

ペレもナンセンスの語り方を心得ていたのであり、彼がこんなことをしたのは、シャルル－フランソア・デュピュイの著書『あらゆる崇拝の起源』（*Origine de tous les cultes,* 1794）をパロディ化するためだった

＊26　アグライア（輝き）、エウロシュネ（喜び）、タリア（開花）のこと。

＊27　白羊宮（アリエス）、金牛宮（タウロス）、双子宮（ゲミニ）、巨蟹（きょかい）宮（カンケル）、獅子宮（レオ）、処女宮（ウィルゴ）、天秤宮（リブラ）、天蝎宮（スコルピオ）、人馬宮（サギタリウス）、磨羯宮（カプリコルヌス）、宝瓶（ほうへい）宮（アクアリウス）、双魚宮（ピスケス）のこと。

（この本では、宗教・寓話・神話・秘儀が実は物理的・天文学的な寓意にすぎない、とされていたのだ）。

ペレの後を継いだ一人、アリスターカス・ニューライト（『初期アメリカ史に関する確かな史実』*Historic Certainties Respecting the Early History of America*, 1851）は、同じ論法を用いて、ディヴィッド・ストロースの『イエスの生涯』（*The Life of Jesus*）および彼の合理主義的な福音書解釈に挑んだ。

ところで、ペレ以前にすでに、リチャード・ホエイトリーが1819年に『ナポレオン・ブオナパルトに関する歴史的疑問』（*Historic Doubts Relating to Napoleon Buonaparte*）を刊行していたのだ（私はこの初版を見つけた）。ホエイトリーは英国神学者で、ダブリン大司教であって、宗教および哲学上の議論に関して多くのまじめな本を書いたし、彼の論理学に関する著書はチャールズ・サンダース・パース*28に影響を及ぼしたのだった。

ホエイトリーの出発点は合理主義の著者たち、とりわけ（証明するための経験的証拠が存在しないが故に）聖書や奇跡物語にあるような擬似歴史事件を拒否したデイヴィッド・ヒュームを論駁することにあった。ホエイトリーはヒューム等に挑戦したのではなくて、彼らの議論を論理的な結論にまで推し進めたのだ。こういう原則に従えば、ナポレオンの手柄についての話（これらにもいくらも奇跡的なものが含まれている）は必ずしも直接得た説明ではなかったこと、そしてナポレオンの同時代人で実際に彼を見た者は多くなかったことをホエイトリーは立証したのだった。

私が記したこれら好古家の掘り出し物は、三人の著者によるものなのだが、彼らが風刺しているのはミステリー・ハンターたちというよりも、

＊28 （1839-1914）米国の哲学者、論理学者、記号論の先駆者としても有名。

ミステリーの正体を暴こうとする思想家たちのほうなのだ。だが、彼らのやり方は興味深いものがある。他人のテーゼを追いつめていくと、結果的には大笑いされてしまうことになるであろう。　　　　　　　［2014］

私たちはみな狂っているのか？

ここ数週間、私たちは正真正銘の狂気の沙汰（さた）を目撃してきた。ドイツ人パイロットが狂っていて、航空機を山に衝突させ、搭乗メンバーを全員殺したのだ。ミラノのビジネスマンが裁判所で複数の殺人を犯したときも狂っていたに違いない。某パイロットが自宅で発砲したという話を読んでも不安になる。酔払い運転をしていて交通事故を引き起こして訴えられたという件は脇にどけておく（こんなことは誰にでも起きることだが）。酔っ払い運転が、イタリア大統領を運ぶことになっていた男の習慣だったことが最近関心をあつめている場合なら別だ。

2001年のＧ８会議の期間中、ジェノヴァのアルマンド・ディアス海軍校に“メキシコ人虐殺”に抗議して集った警官たちは狂っていたのか？　彼らは正規の警官だった。最後は自分らが警官だとばれるようになることを知らぬとでもいうかのように、彼らを騒動にかりたてたのはいかなる狂気のせいだったのか？

この一件は、私に19世紀の社会改革家ロバート・オウエン＊[29]の言葉、「世界中が君と私を除いておかしいのだ、君でさえ少々おかしいのだ」を想起させた。とどのつまり、私たちは、知恵は常態で、狂気は例外だ、という信念で生活しているのである。かつては狂気には精神病院が用意されていた。だが、これは正しいのだろうか？　狂気こそ常態であり、

＊29　（1771-1858）英国の実業家。

いわゆる正常とは、一時的な状態だとは考えられまいか？　逆説は別にして、どの人間でも一定量の狂気を有しており、多くの人にあっては生涯を通じて潜在しているのに、ほかの多くの人にあってはそれが予告なしに爆発するのだ、と納得するのが賢明なのではなかろうか？　われわれが天才だとか、革命家だとか、神秘家だとか見なしている人びとにあっては、致命的ではなく、往々ポジティヴな形で爆発するのに、他の人びとにあっては、狂気の罪だとわれわれが決めつけている行為となって噴出するのだ。

そうだとすれば、狂気の種子はすべての生身の人間、70億人の内に存在するし、この種子は突然——しかもある瞬間にのみ——芽を出すかもしれないのだ。アイシス（ISIS）＊[30]の殺し屋は、生涯の一時期にはおそらく忠実な夫、愛情のこもった父親だったのであろう——一日に数時間TVを眺めて過ごしたり、わが子をモスクに連れて行ったりしていたはずなのだ。ところが朝起き上がると、カラシニコフ銃を首にかけ、妻からたぶんオムレツのサンドウィッチを用意してもらい、そしてそれから誰かの首を切ったり、百人の子供を機銃掃射するために出掛けたのだ。とどのつまり、アドルフ・アイヒマン＊[31]もこういう生き方をしたのではなかったか？　どんなに残虐な殺し屋でも、その母親に言わせれば、前日までは模範的な子供だったのだ——せいぜいのところ、少々いら立ち、不機嫌に見えたかもしれぬが。

これが事実だとしたならば、妻なり夫なり息子なり娘なり、われわれが毎朝階段で挨拶する隣人なり親友なりにせよ、彼らがいつ何時、突如手斧を振り上げて私たちの頭蓋骨に打ち込もうとしたり、あるいは私たちのスープの中に砒素（ひそ）を投入したりしかねないことを恐れながら、絶え

＊30　Islamic State of Iraq and Syriaの略。
＊31　（1906-1962）ゲシュタポのユダヤ人移送局長官。

ず不信状態の中で私たちは生きなくてはならぬことになる。

だがこうなると、私たちの生活は不可能となろう。もしも、もう誰も──《ローマ行の列車が５番線から発車します》と告げる駅の拡声器すらも──（アナウンスする者が狂っているかもしれぬから）信用できないとしたら、私たちは偏執病患者の状態にずっと放置されたままになろう。

だから生き残るには、どうしても誰かを信頼せざるを得ない。でも、たとえば恋に陥った者にありがちな、絶対の信頼は存在しないこと──唯一の信頼は蓋然論だということ──を私たちは納得せざるを得ない。もし最良の友人を何年も頼りにしてきていたとしたら、私たちはその人が信頼されるべき人物だと賭けることはできる。むしろパスカルのいう“賭け”*[32]みたいなものなのだ。つまり、永遠なる生を信じないよりも、それを信ずるほうが得なのだ。とはいえ、あくまでもそれは賭けなのだ。賭けで生きるというのは危い。とはいえ、この賭けなしで生きること（永遠なる生、ましてや友情を信じずに生きるということ）は、私たちの精神上の健康に不可欠なのである。

ソール・ベローが、狂気の年代には、狂気に触れないよう期待することじたいが一つの狂気の形態だと言っていることに、私は同意したい。だから、諸氏が今読まれたばかりのことを、決して純金*[33]などとは受け取らないで下さい。　〔2015〕

＊32　「神は存在するか、否か、きみはどちらに賭ける？──いや、どちらかを選べというのは間違っている。正しいのは賭けなのだ」（『パンセ』）。

＊33　「正真正名の事実」のメタファー。

愚者と責任を負うべき出版

私は愚者についてのウェブサイト上の話をたいそう楽しんできた。それのフォロワーではなかった人たちのために言っておくと、オンラインや新聞雑誌では、私がトリーノでのいわゆる基調講演（lectio magistralis）において、《インターネットは愚者だらけだ》と述べたことになっているが、これは事実ではない。この講演は全く別の問題を扱っていたのに、新聞やインターネットではいかにニュースが歪曲されるかということを、この一件は実証している。

愚者の問題がその後の記者会見で取り上げられたとき、私はあれこれの質問に答えて、全く常識的な所見を述べたのである。地球上の七億の住民の内にはどうしてもかなりな数の愚者が存在せざるを得ないし、その多くの者は、たわ言をバルにおいて友人親戚に伝え合ってきたが、この場合は彼らの意見は狭い範囲に限られていた。ところが、こんな連中の内のかなりの数の者が、今ではソーシャル・ネットワークで意見を表明することができる。したがって、そういうとりとめもない意見が多数のオーディエンスに届くし、そんなものが分別のある人びとの表明した多くの意見と混ざり合うことになる。

私の言う愚者なる概念には、人種差別主義的な含意は一切含まないことにどうか留意されたい。少数の例外を除き、愚者を本職とする者はいない。だが、優秀な食料雑貨商、優秀な外科医とか優秀な銀行員でも、無知なことについては馬鹿げたことを言いかねないし、あるいは不見識をさらしもしたりする。しかもインターネット上の反応は一瞬であって、省察の間合いはない。

無分別な連中のためにもインターネットが余地を残しているのは正当だとしても、それでもあまりにも過剰な痴愚がラインをふさいでいる。

そして、私がインターネットで見かけた、不都合な或る種の反応は、私の合理的な論点を確証している。もちろん、誰かが私に告げてくれたように、インターネットは愚者の意見をも、ノーベル賞受賞者のそれをも、同じように際だたせるし、私がノーベル賞を受賞したか否かといったことについて無益な議論がウイルス状に急速に拡散したりした――誰もウィキペディアをチェックすることもしないで。こうしたすべてのことは、世人がいかに出まかせをしゃべりがちであるか、ということを示している。いずれにせよ、愚者の数は今日では少なくとも３億と見積もることができる。ウィキペディアは最近３億のユーザーを失ったとの報告がある。こうしたインターネット・サーファーたちはみな、情報を見つけるためにはインターネットを用いないで、今やオンラインで（たぶん考えるためにポーズを取ることもなく）相手とおしゃべりするのを好んでいるのだ。

通常のインターネット使用者なら、首尾一貫しない考えと、理路整然としたそれとの違いを把握できるし、ここでは、情報をろ過して不純物を除去するという問題が生ずる。これはブログとかTwitterで表明された見解のことを指しているのではなくて、すべてのウェブサイトにとっての焦眉の問題なのだ。そこで見つかる情報は信頼のできる有用なものかもしれないが、また、（はばかることなく言っておくが）あらゆる種類のたわ言や、存在しもしない陰謀話や、ホロコースト否定や、人種差別主義や、また、教養として誤った、不正確ないしはずさんな情報かもしれないのである。

ではどうやって情報をフィルターにかけるか？　私たちに周知のトピックスを扱うウェブサイトをのぞくときには、誰だって情報をフィルタリングする能力を有している。だが私がたとえば、超弦理論（ストリング・セオリー）に関するウェブサイトが正確か否かを告げる余裕はほとんどなかろう。教師たちも私と同じ立場に置かれているのだから、学校とて生徒に情報フィルタリングの仕方を教えられはしないし、ギリシャ語の教師がカタストロフィー理論や三十年戦争*[34]に関してサイトをチェックするときにも、無防備状態に置かれるであろう。

唯一の解決策がある。新聞は情報や、ときに過去の話を集めているが、それは主要な競争相手の情報源にもなるので、インターネットにも遅れをとり、がんじがらめとなる。逆に、新聞は毎日せめて２面を（書評や映画批評に割いているのと同じように）ウェブサイト分析に割り当てて、これら名だたるサイトを取り上げたり、これらサイトがいんちき話や不正確なことを流布していると指摘したりすべきなのだ。そうすれば、それは価値ある社会奉仕となろうし、新聞を離れつつある多くのインターネット・ユーザーを、再び新聞に立ち戻るよう説得することにもなるであろう。

このような企てに着手するためには、新聞はアナリスト・チームを必要とするだろうし、しかもその多くの人びとは外部から見つける必要がある。それにはコストがかかるが、貴重な文化サーヴィスとなろうし、新聞界に新たな目標を与えることになるであろう。 [2015]

＊34　ボヘミア（ベーメン）におけるプロテスタントの反乱を契機に神聖ローマ帝国を舞台として 1618-1648 年に戦われた。

付論　禅と西欧

Lo zen e l'occidente

禅と西欧 ——アラン・W・ワッツ『禅の精神』(伊語版, 1959) への注記[*1]

「ここ数年間、アメリカでは鋭く刺激的な響きの短い日本語がいろいろの場所、女性たちの会話、学会、カクテルパーティ……において、偶然ないし綿密な脈絡の中で聞かれ始めている……。その短い刺激的な言葉とは、禅のことだ。」最近とくに興味深い慣習や文化現象の一つに焦点合わせすることが、アメリカの雑誌ではことに広がりを見せている。はっきり言うと、仏教の禅は「風俗現象」の限界をも超えてしまっている。なにしろ禅は仏教の特殊な一派なのだが、その根っこは数世紀以前に遡っており、中国・日本の文化に深い影響を及ぼしてきたからだ。剣道・弓道・茶道・華道・建築・書画・和歌が、たとえ禅の直接的な現れではないにせよ、この教義に影響を受けてきたことを考えればよい。

ただし、西欧世界にとって、禅が一般化したのは最近のことであるし、やっと今になって大衆が禅への訴えかけを明白にやりだしたのであり、それは表向きには独立した一連の批判的な言説となって表れている。例えば、禅とビート世代、禅と精神分析、禅とアメリカ前衛音楽、禅とアンフォルメル派絵画、さらには禅とヴィトゲンシュタイン哲学、禅とハイデッガー、禅とユング……等である。こういうあまたの引照及び言及は疑惑と化し始めており、言語学者はそのペテンに気づき、一般読者は方向を見失い、また良識ある人はみな立腹して旗幟(きし)を鮮明に立ち上げている。例えば、R・L・ブライスが禅に関する書物を著したこと、そして英文学ではシェイクスピア、ミルトンからワーズワース、テニスン、

＊1　後に *Opera Aperta*, 1962 に再録。ただし、邦訳『開かれた作品』(青土社版) では省かれている。

シェリー、キーツからラファエル前派に至るまでのイギリス詩人たちにおける“禅”の状況を突き止めていることが知られている。

とにかく、この現象は現前しているし、大いに注目すべき人々も禅に没頭してきたし、英国・合衆国とも単なる通俗書から学術研究に至るまで、禅の主題に関して膨大な著作を量産してきている。とりわけアメリカでは、群れなす人々が日本の優れた禅師（とくに鈴木大拙）の言葉に傾聴している。この88歳の古老*2は西欧に禅の教えを普及させることに生涯を捧げたのであり、そのために一連の著作を執筆したし、自ら斯学の最高権威たることを実証したのだった。

それ故、われわれは西欧における禅の幸運の動機はそもそもどこにあるのか、と自問せざるを得ないであろう——禅は昔も今もなぜに存在するのか、と。現象というものは、偶然に生起するわけではない。西欧による禅のこの発見には、大いなる無邪気さが潜んでいようし、また理念及び体系の変化には若干の浅薄さも付きまとっているであろう。だが、ことが生起したからには、何らかの文化的・心理的な状況がこの巡り合いを促したに違いないのだ。

こういう状況にあっては、禅を内面的に正当化せざるを得まい。この考察を行ったアラン・ワッツは、宗教問題を“新しい”学説から克服した優れた学者の一人である。厳密を期するなら、ワッツの論述は——明白かつ真摯な啓蒙のレヴェルでも——知的かつ魅力的だと指摘しておけば良かろう。英語で書かれたその他の文献でも読者諸氏は、禅の発見を続行できようし、おそらくはワッツのそれとは力点の置き所が異なることに気付かれるであろう。

ワッツは要するに禅をかなり西欧的な眼で眺めることにより、他の著者たちなら観照的で静寂主義*3的な局面を強調しているところ、

＊2　彼は1966年に没している。

行動主義(アクティビズム)的で現実的な局面を浮上させている。私たちとしてはむしろ禅のいかなる要素が西欧人を惹きつけたり、禅を受け入れる気持ちにさせ得たのか、この点を探ることにしたい。

本書の読者は、禅というものは根底から反知性主義的な態度――つまり、人生をありのままに引き受け、これを愚弄したり抹殺したりするような説明の仕方（人生をその自由な流れに沿って肯定的な不連続の中で把握するのを妨げるような仕方）を選ばない態度――だということはご存知のはずだ。こういう不連続性は日常の連関でも諸科学でも、現代の通念と化している。

現代の西欧文化は諸現象の連続性、普遍法則、因果関係、予見可能性、といった古典的な諸概念を決定的に破壊してしまっている。要するに、複雑な世界を単純かつ決定的な用語で定義するという一般的なやり方を練り上げるのをもはや断念してしまったのだ。

どうしても不正確たらざるを得ない通俗的な用語ながら“相対性”なる範疇が物理学の領域を超えて人間条件を否定する通俗的な定義にまでなってしまっている。他の諸範疇が現代用語の中に整然と登場し始めている――曖昧性・不安定性・可能性・蓋然性といったような範疇である。

十把一絡げにしたり、これからやろうとしているように、現代文化の雑多な分野に由来する諸観念を精確かつ明瞭な語義をもって同化したりするのは、危険極まりないことだ。だが、このような言述がなんとなく可能であり、そのいくつかは正当なものとして寛大にも容認しうるという事実そのものが意味していること、それは、現代文化のこれら諸要素が全て基本的な精神状態においては統合されているということを含意している。

＊3　17世紀後半のスペイン司祭モリノスの神秘思想。観想を介して神に奉仕すべきことを主張した。

つまり、かつての秩序づけられた不動の宇宙が、現代世界ではせいぜい一つのノスタルジーに過ぎぬという意識である。もはやわれわれの宇宙はそんなものではないのだ。ここから――こんな発言をする必要はあるまいが――危機の問題設定が生じてくる。なにしろ、決定的な秩序基準(モジュール)を導入するのが不可能に思える世界を気軽に引き受けるには、人間の諸可能性への多大なる信念や、確固たる道徳構造を必要とするからだ。

誰かが禅に遭遇したのは偶然のことだった。この教説は高齢の尊者により権威づけられたものなのだろうが、その教説によれば、宇宙、神羅万象は可動的、不定、曖昧で、逆説的だということを教えてきた。つまり、出来事の秩序なるものはわれわれの硬化しつつある知性の幻覚であるし、この幻覚を定義したり法則に固定化したりしようとするすべての試みは挫折を強いられているのだ……。

ただし、こういう条件を喜んで引き受けたり、すっかり意識したりすることにこそ、究極の叡知、決定的な悟りは存在するのだ。そして人間の永劫の危機は、世界を規定せねばならぬが故に生じるのではなくて、やってはならないのにそんな規定をしようと欲するが故に生じるのである。

大乗仏教の究極の分枝たる禅の主張によれば、神性は万物の活(い)ける多様性に現前しており、至福(さとり)は無としての涅槃(ねはん)の無意識に溶け込むために生命の波から逃れることにあるのではなくて、万象をあるがままに受容すること、諸物の中に全体性の無限を看守すること、諸々の事件に溢れた生きた世界の至福の中にこそあるのだ。西欧人は禅の内にこういう受容を実現するため、論理基準(モジュール)を断念し、生命との直接的な接触の手掛かりだけを生じさせよ、という要請を見出したのである。

明敏な読者なら、ワッツの書物の中にすでに垣間見られたであろうが、こういう一見知的な無政府主義の背後には万象との人間の関係を把握しようとするより深いやり方が潜んでいるのだ。しかも確かなことは、この種の教説はこの上なく雑多なコンセンサスを互いに対照させて、様々なタイプの傾向をも満足させることができるという事実だ。

それ故にこそ、今日のアメリカではスクエア禅とビート禅との区別がなされている。スクエア禅とは、“四面四角な”禅、きちんとした正統的な禅そのものであって、ここに参集している仲間には一つの信仰、一つの教訓、一つの救済“法”を発見したと感じている人々がいる（そして、アメリカではその他夥しい数の不安で混乱した奔放な人々がいる。彼らはクリスチャンサイエンス*4から救世軍*5に至る人々までもが、禅に馳せ参じている）。そして、日本人の師匠の指導下に彼らは正真正銘の精神修養課程に参加して、座禅のテクニックを学んだり、長時間の沈黙の瞑想に耽るために呼吸を整えたりしている——座禅の姿勢をとった巻き足を組み代えたりしながら「私は息をしている、まだ生きている」と唱和するのだ。

逆にビート禅は、サンフランシスコ・グループやジャック・ケルアック*6、ファリンゲッティ*7、ギンズバーグ*8一派のヒップスターたちによってなされ、禅の（“非論理”というよりも）論理や掟の内に、或る種の詩のための示唆や、アメリカ式生活様式を拒否するための何らかの基準（モジュール）を発見している。

ビート世代は既成秩序に反抗しながらも、これを変えようとはしない

＊4　1879年にアメリカの婦人メリナ・ベーカー・エディが創設。心身の万病はキリストの教えを体得することで癒されるとした。

＊5　「心は神に、手は人に」をスローガンにキリスト教の伝道と社会福祉活動を行っている。

＊6　（1922-1969）ビートニクを代表する作家の一人。『路上（オン・ザ・ロード）』『孤独な旅人』ほか。

＊7　ローレンス・ファリンゲッティ。1953年全米初のペーパーバック専門店を設立。

＊8　（1926-1997）ジャック・ケルアックとともにビート文学の代表者の一人。

で自らをその周縁に置いたり、「客観的成果の中よりもむしろ主観的経験の中にこそ、生の意義を探し求めて*9」いる。

ビート族の人たち（ビートニク）は、禅を無政府主義的個人主義の呼称として使用している。ハロルド・マッカーシーが鈴木大拙における“自然なもの”と“非自然なもの”に関する研究の中で注記したように、彼らは日本の師匠が社会組織の原理や様態を人為的とする主張をあまり区別することなく受け入れてきた。＊10

こういう自然発生論は或る種の自然主義ですでに訓練されてきた世代の耳には示唆的に響いた。そしてビート族の誰もが、禅は社会性そのものを拒否しているのではなくて、禅が拒否しているのは一様化された社会性に対してであり、目的は諸関係が自由で幸せな合意の上に基礎づけられており、各自めいめいが他者を同一共同体の一部として認めるような、自然発生的な社会性の追求にある、という事実には気にもとめなかったのである。

東洋的順応主義の表面的な態様を採用することしかしなかったことには気づかないで、ビート世代は禅をば自分たちの夜間徘徊する宗教者や神聖なる放縦（ほうしょう）の正当化として誇示したのだった。ジャック・ケルアックの言葉を引用しておこう。

「サンフランシスコ・ルネサンス——つまり、ギンズバーグ、私、レクストロート、ファーリンゲッティ、マクリュア、コルソ、ゲーリー・スナイダー、フイル・ラマンティア、フィリップ・ウェーレン——は、

＊9　Cf. Alan W. Watts, “*Beat Zen, Square Zen and Zen*,” Chicago Review (Summer 1958). 禅とビート世代との関係については、R.M. Adams, *Strains of Discords* (Cornell Univ. Pr., Ithaca, 1958) p.188.

＊10　H. E. McCarthy, “*The Natural and Unnatural in Suzuki's Zen*” (Chicago Review), cit.

私見では古くて新しい一種の詩的狂気たる禅であり、頭に浮かぶ一切のことをそのまま書き記すことであり、ファーリンゲッティに言わせれば、真にオーラルな、起源回帰の詩であって、アカデミックな饒舌な屁理屈などではない……こうした新しい純粋詩人たちは、ただ告白の楽しみだけのために告白しているのだ。彼らは幼児なのだ……彼らは歌っているのであり、リズムに屈服しているのだ。

……ただし、サンフランシスコ・ルネサンスは往時のそれ（李白、ハンシャン、トム・オー・ベドラム、キッド・スマート、ブレイク）のような新しい聖なる狂気の詩なのであり、それはまた俳句に典型的な規格化された心の訓練でもある。つまりそれは、事物に純粋、具体的に焦点合わせする方法なのであって、捨象でも説明でもなく、ドカンドカンといった、人間のブルーソングそのものなのだ。」＊11

ジャック・ケルアックは『ザ・ダルマ・バムズ』＊12の中で自分の森林徘徊、黙想の絶頂、完全自由への憧憬を次のように描述している。これは一連の森林の中での孤独な法悦において到達した言わば啓示（禅師なら悟りと言うだろう）についての彼本人による自伝なのだ——「……月の下で私は真理を見た。ここではこれはそれなのだ……世界は涅槃（ねはん）みたいであり、私が外で天を探し求めていること、天はここにあり、天とはこの哀れな敬虔なる世界に他ならないのだ。

ああ、わが身を理解できたなら、わが身を忘れられたなら、わが黙想（おもい）を自由、意識、生物全体の至福に捧げられたなら、生きとし生けるもの全てが法悦状態にあることが分かるだろうに。」

＊11　「詩における喜びの起源」(Chicago Review, Spring 1958).

＊12　「仏法（ダルマ）を信奉する浮浪者（バム）」。作中人物ジェフィー・ライダーの造語。（中井義幸訳『ザ・ダルマ・バムズ』, 講談社文庫 2007）13 頁参照。

だが、ケルアックが次のように主張するとき、これはビート禅、個人至上主義の禅そのものではないのか、との疑念がどうしても浮かぶのだ――「私には分からない。私には大した問題ではない。同じじゃないか。」こういう言明には、大いなる距離も、ある種の敵意も、真の「啓明派」[*13]の沈着で情愛深い自己解放とは程遠い怒りに満ちた自己防衛も見られはしない。

こうした田園的法悦の中でケルアックは「万物は永遠に、永遠に、永遠に善なるものだ」ということを発見するのだ。そして、彼は大文字で「私は自由だった」（I WAS FREE）と書き記している。ただし、これは純然たる興奮なのであって、要するにそれは、一つの経験（つまり、禅が伝達不能と見なしている経験）を他者に伝達しようとしたり、それを（禅では逆説的な問題に関してほぼ十年間もの長期の黙想を新信者に提供しているというのに）情動的な技で伝達しようとしたりする一つの試みなのである。

こうしてみると、ビート禅というのははなはだ安直な禅なのであり、40年も前に気難しい連中が自分らの不穏当な旗幟としてニーチェの超人を選んでいたのと同じように、それを受容している、自己解放に傾斜した人々のために創り出されたものだ、ということにはなるまいか。

アレン・ギンズバーグのカトゥッルスを模倣した「自由に唄う男らしい欲求」は若者たちへの真摯な理解を要求しており、その結論はこうなっている――「きみらは私に立腹している。私の全ての愛読者にもかい？――ヴィジョンなしに糞を食べるのは困難なのだぞ――それに、彼らが私に感心するときには、天を見上げているのだぞ。」この詩や、禅師の明鏡止水は、いったいどこに行き着いたのか？

アメリカの女史ルース・フラー・ササキ[*14]は1958年に禅師に任命さ

＊13　既成宗教に反対した、18世紀ドイツの結社。

れたスクエア禅の代表者だが、彼女はこう主張している――「西欧の禅は一つの文化相の時期を経過しつつある。禅は単なる信仰なのではない。西欧人にとっての問題は、彼らが何かを信じようとするとき、同時にそれをごく安直化したがるということだ。ところが、禅というものは、生涯にわたって続く自己犠牲や努力の修業なのだ。」

もちろん、ビート世代の場合はそんなことはないが、人によっては、若い無政府主義者たちの態度は、禅の生活様式の補足的局面を示しているのではないか、と自問したりしている。もっとも包容力のある人物はアラン・ワッツであって、彼は上掲試論の中で、“道”には二通りあるというインド寓話に立ち返っている。すなわち、猫の道と猿の道とがあり、猫は母親が口移しに運んでくれるため、生きるために努力をしないが、猿は逆に努力の道をたどり、母猿の背中にしっかりとしがみついてまたがり、母猿の頭髪をつかんだりする、というのだ。

ビート世代が従っているのは猫の道と言うことになろう。そしてワッツは「ビート禅とスクエア禅」という論文の中ではなはだ寛大な結論を行っている。つまり、日本の寺院で数年間を過ごそうとする人がいたとすれば、それを実行しない理由はない。だが、別の人が自動車を盗んだり丸１日チャーリー・パーカー*15のレコードを回し続ける場合にも、アメリカはつまるところ自由な国ということになるのだ、と。

ただし、別の前衛一派も存在するし、そこではより興味深くて精密な禅の影響を見出せる。より興味深いわけは、ここでの禅は倫理的態度と

＊14 （1892-1967）旧姓エヴェレット。佐々木指月（1882-1945 臨済宗の僧。米国仏教協会を 1930 年ニューヨークに創設。A・W・ワッツは彼の弟子）と結婚。

＊15 （1924-1955）アメリカ合衆国のジャズ・ミュージシャン。モダンジャズの父と言われている。

いうよりも、様式戦略を助長するのに役立っているからなのだ。また、より精密だというわけは、この参照は一潮流ないし一芸術家の特殊形態に基づき規制されもしうるからだ。芸術であれ、非論理であれ、その基本特徴は対称性の拒否にある。その道理は直感的だし、それの対称性が表しているのは常に秩序基準（モジュール）、自発性の上に投げかけられた網、深謀術策の結果なのである。

つまり、禅が目指すのは、結果を予定せずに存在や出来事を増殖させることである。禅問答の術は、挑まれた一種の攻撃への柔軟な適応態度、計算づくの解答への拒否、相手に対して当意即妙の反応をせよという誘い、これらを扇動することに他ならない。

歌舞伎にあっては、逆ピラミッド配置は登場人物の序列を表している。この配置は部分的に変更されたり、“不均衡”にされたりしているのが常だが、それは暗示されている序列がいつも自然発生的であって、予想外なものだということを示唆している。[*16]

古典的な禅はこういう前提をすべて受け入れて非対称性を強調するだけではなく、空間を肯定的な実体そのものとして評価している——そこに浮かび上がる事物の置き場としてではなく、それら事物の母型としてである。こういう空間の取り扱い方には統一的な宇宙という仮定、万物への全般的評価が潜んでいる。つまり、人間・動物・植物が一様に印象派様式で扱われており、背景のほうはぼかされているのである。

このことはつまり、こういう禅画では直線よりも滲みの方が優先するということなのだ。禅に影響を受けた現代日本絵画は、正真正銘の点描画法（タシスム）なのであり、現代のアンフォルメル絵画展において日本人が常に代表格を占めているのも偶然ではないのだ。アメリカでは、トビー[*17]とか、グレイヴズ[*18]は、禅宗から深く示唆された詩学の代表

＊16　Cf. E. Ernest, *The Kabuki Theatre* (London, 1956), pp. 182-184.

者と目されており、また現代の批評潮流には禅の不均衡への参照が見られるが、これは野性的芸術（アール・ブリュット）の傾向を裏付けるためであり、こういう参照はかなり頻繁に見受けられるのである。*19

他方――幾度も述べてきたが――“アンフォルメル”芸術作品におけるのと同様に、明らかに開放への傾向、（明白な構造の内に、可塑的なものを閉じ込めるという）所与の一つの配置の伝達を受容するように鑑賞者に決心させたいという傾向、そしてさらに、鑑賞者が自分で適切と思われるような形式上の成果を自由に選んで享受してくださいといった一種の要請が存在することは明白である。

ポロック*20の絵画に表現されているのは、閉じた絵図ではない。つまり、曖昧なもの、ねばねばしたもの、不均衡なものが介在しているのだが、それはこうして可塑的－色彩的な手掛かりが、絶えず可能な形式の起動性として発散するようにせんがためなのだ。こういう可能性の提供、こういう自由な享受への要請にあるもの、それは不定なものの受容と、一義的な因果性に対する拒絶なのだ。アクション・ペインティングの追従者はアリストテレスの根底所在（サブスタンス）の哲学の内に自らの芸術の正当性を追求しているのだが、我々としてはそういう根底を想像することはとてもできないであろう。

批評家が不均衡と開放性を禅に頼るとき、我々としては文献学的な留保を提起することもできるであろう。画家が禅の観点でいろいろと正当化を行っている場合に、我々としては、この態度の批判的明白さを疑っ

＊17　マーク・トビー（1890-1976）。

＊18　ロバート・グレイヴズ（1895-1985）。

＊19　G. Dorfles, *Il divenire delle arti*（芸術の生成）, Torino, Einaudi 1959, p.81（「不均衡への傾斜」参照）。

＊20　ジャクソン・ポロック（1912-1956）。合衆国の抽象表現主義を代表する画家。彼の作品は、アクション・ペインティングと称される。

てかかってもよかろう。とはいえ、否定できないこと、それは雰囲気が基本的に一致していること、我々の世界における姿勢が不定なものとして、動き全般を想起しているという点である。出来事を開放性の中で正当化しているわけである。

だが禅の影響がより鋭敏かつ逆説的に感じさせられるのは、海外の前衛音楽においてである。とりわけジョン・ケージ[*21]という、アメリカ音楽（現代音楽全般で明らかに最も逆説的な音楽）で最も話題に上る人物を挙げておこう。ポスト・ウェーベルン・スタイル[*22]の多くの電子作曲家（エレクトリックミュージシャン）たちは、ケージとしばしば論争しているのだが、それでも、彼の魅力や模範としての不可避な権威を甘受せずにはおれないでいる。

ケージは音楽の秩序攪乱の預言者であり、偶然性の大使徒でもあるのだ。伝統的構造の解体を、新しい音列（セリー）音楽は言わば科学的決意に基づいて追及しているのだが、この音列（セリー）はケージにおいては、いかなる自制もしない破壊者を見出している。周知のように、彼の協奏曲（コンツェルト）にあっては、２人の演奏者が長い沈黙の周期の中で代わる代わる音を響かせることにより、ピアノからはなはだ反正統的な音を引き出すために弦を弾いたり、弦の側面をたたいたり、立ち上がって長波にラジオを同調させたりする。この音楽の意図は、いったい何なのかという質問者に対しては、ケージは老子を引用しながら答えており、そして聴衆に対しては、完全な無理解にぶつかったり、自らの痴愚を忖度したりすることにより、初めて老子の深い意味は把握できるだろうと忠告している。

＊21　(1912-1992) 合衆国の実験音楽家。代表作に『４分 33 秒』がある。
＊22　1950 年代に前衛音楽の一技法として盛んに用いられた作曲技法。全面的セリー音楽、点描音楽と同義。

ケージのそれは音楽じゃないと反対する者に対しては、彼はこう答えている——実は自分は音楽を創り出す意図などはないのだ、と。また、ひときわデリケートな質問をする人に対しては、その質問を繰り返してくれるように頼むことで応えている。つまり、質問を反復することでその質問を更新するようにと求めているのだ。三回目の反復への求めにぶつかって、質問者は「すみませんが、その質問を繰り返してくれませんか？」と言うのが実はお願いなのではなくて、質問そのものへの回答なのだということに気付くのだ。

ほとんどの場合、ケージは反論者たちに対して、いかなる質問にも対処できる、でっち上げの回答を用意しているのだ。皮相的な質問者はケージが有能どころではない煙幕張りみたいだ、と思いたがるのだけれど、しかし東洋の教訓への彼の絶えざる参照・言及は、この教訓への考慮に注目させずには措(お)かないであろう。彼は、前衛音楽家としてより以前に、予期せざる禅の師匠の一人と目されるべきなのだ。彼の矛盾の構造は、世界の構造とぴたり合致しているし、日本の禅師たちが弟子（雲水）を啓発するために完全に当意即妙の回答を迫る典型的な禅問答と同じものなのだ。

音楽のレヴェルで有用なのは、ニューミュージックの運命が、果たして即席の幸福にすっかり委ねることにあるのか、それとも（他の音列(セリー)音楽家たちがやっているように）“開放されている”とはいえ、きちんとした可能性の方式に則って方向づけられた構造の配置にあるのか、と論議することにあるのかもしれない。ただし哲学面でのケージは糾弾のしようがないし、その禅の弁証法は全く正統的だし、その働きは、つまづきの石（悪い見本）、稀代のまどろんだ知性に対する挑発者のそれなのである。

彼は救済禅の水車小屋に水を引き込んでいるのか、それとも音楽の水車小屋に水を引き込んでいるのか——そのために既得の音楽慣習からの洗脳を追及しているのか――と自問すべきであろう。イタリアの読者なら、キノコ状のものを出演者が早押しして正答を競う番組*[23]に出演したジョン・ケージを知る機会があったはずだ。彼らはこの突飛なアメリカ人がマイク・ボンジョルノの驚いた眼前で、ミキサーやコーヒーメーカーで合奏するのを見て笑ったのであり、おそらくは、大衆の馬鹿さ加減やマスメディアの受けを利用しうるピエロを目にした、と思ったことであろう。

ところが実は、ケージが対峙していたのは、禅の雲水*[24]が生の任意の事件に立ち向かうときの無心のユーモア、禅師たちがお互いを「古俵」と呼び合っているもの（鈴木師はその名“大拙”の意味を尋ねられて、それは或る禅師から名づけられたのであってその意味は「大馬鹿」――実は「自分に対しての謙遜語」――だと答えている）と同じ経験だったのだ。

ケージはボンジョルノや視聴者を無意味な存在に直面させて興じていたのであり、それはちょうど禅師が雲水に対して課す公案――知力や啓示の敗北を強いるために、出口のない謎について省察を強いる課題――みたいである。マイク・ボンジョルノが啓発されたかどうかは疑問だが、とにかくケージはローマでのコンサートの後で老婆が立ち上がり、彼の音楽はスキャンダラスでむかつき、不道徳だと言ったのに対して、こう答えることができたのだ――「かつての中国での話です。絶世の美女が都の全ての男たちを恋焦がらせていました。あるとき、その彼女が深い湖に落っこちて、魚たちをびっくり仰天させました。」

とどのつまり、こうした実際的な態度を前にして、ケージの音楽が発

＊23　マイク・ボンジョルノの司会によるクイズ番組。エコは彼についての試論も書いている。

＊24　禅宗の修行僧の一般呼称。

揮しているのは、(彼自らはそのことをはっきりと明言してはいないが)能の技法や歌舞伎芝居の技法との大いなる、かつ明白な親和性であり、言うまでもなく、きちんとした音楽による間の入れ替わりが永遠に繰り返されるのである。

ケージの「フォンタナ・ミックス」(音楽アルバム) による騒音と電子音との磁気テープの合成曲のうちに、彼に追従できた人ならわかったように、彼は録音済みの各種テープに色合いの異なる線を書き入れているのだ。さらに、モジュール・グラフの上に線を書き込み、一枚の紙の上で時たま考察するようにしてあるのだ。さらにまた、テープの各部分にたまたま選ばれた点が付けられていて、これにより、未確定なものの論理に導かれた音列が得られる仕組みになっている。

道教の晴れやかな調和に呼応して、各音は全ての音と等価になっており、それぞれの音の遭遇はこの上なく至福なもの、この上なく啓示に満ちたものとなるであろう。聴き手は、自らの文化を放棄して、再発見された無限の几帳面な音楽性に、茫然自失してしまうほかあるまい。

これはケージのためなのだ。つまり、自らを拒絶したり、断絶の新(ネオ)ダダイズムを極限に追い込むことを正当化しているのである。仏教が独自の音楽的冒険をやるための方法論的選択に他ならないと考えること(これは不可能ではない)を正当化しているのだ。ただし、禅を現代西欧文化に帰属させようとするもう一つの思潮が存在する。しかもケージの実験が欧州音楽家たちの批判的、体系的な、類似の探究と結びつき、かつ構造の開放性や不定性に傾斜した現代芸術のあらゆる条件に結びついているだけに、彼の実験はニューミュージックの経験をめぐる諸々の理論書においても見つかるのである。*25

* 25 Incontri musicali (n.3 agosto 1959) 所収の次の論文を参照。Pierre Boulez (Alea), Heinz-Klaus Metzger (J. Cage o della liberazione), Umberto Eco (L' opera in movimento e la coscienza dell' epoca).

新(ネオ)ダダイズムという言い方をした。だから、こう自問すべきだろう――何故に禅が西欧に合致する結果になったのか、と言えば、その理由の一つは西欧人の想像の枠組みが超現実的訓練や無意識行為(オートマティズム)賞賛に一段と敏感にさせられてきたという事実によるのではなかろうか？「仏陀とは何ぞや？　３ポンドの亜麻(アマ)だ」という対話と「菫色(すみれいろ)とは何か？　２匹の蠅(はえ)だ」という対話とには大差があるのか？　形式上は否だ。動機は異なっているが、確かなこと、それは私たちの生きている世界は、論理への侵害をも、洗練された意地悪な満足をもって受容するようにさせられているという事実だ。

イヨネスコ*26は禅なる伝統における対話を果たして読んでいたのか？　はっきりとはしないが、一つの世界と、自動車展示会でのやりとり――「この車はいくらですか？」「値段次第です」といったような――との間にはどういう構造的な相違があるのか、我々には分かるまい。公案の中に含まれているのと同じアポリア的な循環性がここには現前しているし、回答が逆に質問を呼び起こして――世の中に織り込まれた不条理を受け入れて、理性が降伏文書に署名するまで――問答は無限に続くのだ。ベケット*27の対話に浸透しているのも同じ不条理なのである。

もちろん一つの違いはある。イヨネスコやベケットの冷笑は不安をあらわに示しており、従って、禅僧の明鏡状態とは全く無関係である。だがまさしくここにこそ、東洋のメッセージの斬新な味わい、このメッセ

＊26　(1909-1994) フランスで活躍したルーマニアの劇作家。フランス不条理演劇を代表する作家の一人。

＊27　(1906-1989) アイルランド出身のフランスの劇作家。イヨネスコ同様、20世紀フランスを代表する不条理演劇の劇作家。『ゴドーを待ちながら』ほか。

ージの成り行きや如何という疑念がつきまとう。非論理的な枠組みの根底、それら枠組みの完全な受諾にこそ、危機の解消、平和は存在することを世に知らしめ、世に危機の文学を馴れ親しませているのと同じ非論理的な枠組みをもって、この疑念は世界を覆っているのだ。一種の解消、一種の平和が存在するのだが、それはいわば、われわれのものではなく、我々が求めているものでもなくて、要するにそれは神経をすり減らした人々にとっての解消であり、平和であるのだ。

とにかく各種の思潮が正当化されようがされまいが、禅は西欧を征服することにより、この上なく批判に慣れた人々をも省察へと誘い込んだのである。アメリカの精神分析は禅の方法に習熟したし、精神療法(サイコセラピー)は禅のいくつかのテクニックの内に、特別な助力を見出したのである。[*28]

ユングもまた、鈴木大拙の研究に関心を寄せ、世界の無意味さを明白に受け入れて、この無意味さを聖なるものの観照の中で解決するというやり方が現代の神経症を昇華させる方途だと考えた。禅師たちが雲水を引き受ける際にしばしば依拠している根底の一つは、入門の妨げとなるかもしれぬ一切のことを彼らの意識から一掃させることにある。雲水が禅師の前に現れるのは、光明を求めてのことなのだ。

禅師は雲水を座らせて、それから茶道の複雑な作法に則り茶碗を差し出す。感化作用が及ぶようにと、禅師はこの来訪者の茶碗の中に茶を注ぎ、茶碗がいっぱいに満ちて溢れてもこれを続行する。茶碗が「一杯になりました」と言って、雲水はもう結構ですと断ろうとする。すると禅師が応えて、「この茶碗と同じように、君の頭は君の意見や理屈で溢れているのだ。君が茶碗を空にするまで、君にどうして禅を教えられよう

＊28　例えば、近藤章久「サイコテラピーにおける禅－座禅の長所」(Chicago Review, Summer 1958) 参照。

か？」

注記しておくと、これは偶像（イドラ）を遮断せよというベーコンの勧告とか、混乱した考えを始末せよというデカルトの忠告でもないのであって、それは一切の障害やコンプレックスから、言い換えると三段論法的知力の障害やコンプレックスから、解放されなさい、という誘いなのだ。だから、次の動きは経験の追体験とか、新観念の追求とかなのではなくて、公案に関する熟考——つまり、純治療法的な行為——に移ることにある。精神科専門医や精神分析学者がここに魅力的な示唆を見出したとしても、驚くにはあたらない。

他の分野でも同じようなことが生じた。1957年ハイデガーの『基本命題』が発表されたとき、いろいろな方面から彼の哲学の東洋との関わり合いが注目されたし、人によっては、はっきりと禅に遡り、このドイツ哲学者の書物は、京都の禅師辻村公一との対話を想起させると述べている。*29

その他の哲学学説に関してはワッツ本人も自著序文の中で、意味論、メタ言語、新実証主義一般との結びつきについて言及している。*30 根っこにおいて最も明白な参照が行われていたのは、ヴィトゲンシュタイン哲学に対してである。

パウル・ヴィーンパールの考察*31 によれば、ヴィトゲンシュタインは禅師たちが悟りと呼んでいるものと同じ精神状態に到達したのであり、

＊29　エゴン・ヴィエッタの論文「ハイデッガーと禅師」(Frankfurter Allgemeine Zeitung, 1957年4月17日号参照)。

＊30　ここでは、ホノルル大学の紀要『哲学東西』誌上で繰り広げられた議論を挙げておく－Van Meter Ames, "Zen and American Philosophy" (n. 5, 1955-56, pp.305-320); 鈴木大拙「禅－V. M. Amesへの回答」(同誌); Chen-Chi Chang, "The Nature of Zen Buddism" (n. 6, 1956-57), p.333.

＊31　Chicago Review (Summer 1958).

そして彼が練り上げた教授法は問答と公案の方法に似ているのである。

一見して、論理新実証主義の根底に禅の心性を見出すことは、シェイクスピアにそれを見出すのと同じくらいに仰天させるように思えるかもしれない。だが常に銘記すべきこと、それは少なくともこういうアナロジーを鼓舞するために、ヴィトゲンシュタインにあっては総体的な世界説明としての哲学を断念しているという事実だ。

相互に無関係なものとしての原子的な（従って“微細な”）事実に優先権が与えられており、これらの事実相互に一般的関係を定立する哲学を拒否し、これらを正しく記述する純粋方法論に還元している。言語命題は事実を解釈したりはしないし、ましてや、この事実を説明するわけでもない。つまり、それら命題は事実を“示したり”、事実の諸関係を示したり、とりわけ再現したりするだけなのである。命題が再現する現実は、それの特殊な一つの投影としてなのであり、二つの次元同士が符合しているのか否かに関しては全然何も言えはしないのだ。そういう符合は示されることしかできないのである。

また命題はたとえ現実に呼応していても、その現実が伝えられはしない。なぜなら、私たちはもはや事態に関して立証可能な主張を有しているわけではなくて、その主張をしている当人の行動に関して立証可能な主張をしていることになるだろうからだ（要するに「今日は雨降りだ」で伝えられるのは、「今日は雨降りだ」という事実なのではなくて、「Xが今日は雨降りだと言った」ということだけなのだ）。

つまり、命題では論理形式を表現しようとしても、これすらも不可能となるだろう。

「命題は総ての現実を描出しうるものの、しかし現実を描出しうるために命題が現実と共有せねばならないもの、すなわち論理形式、を描出することはできない。

論理形式を描出しうるためには我々は、命題とともに論理の外側に、すなわち世界の外側に立つことができねばならなくなるであろう。」(4.12)［奥雅博訳『ヴィトゲンシュタイン全集』(大修館書店，1975) による。以下同じ。］

このように世界を脱出したり、世界を説明で固着させたりすることを拒否するときには、禅に関わることが正当化されるのだ。ワッツが挙げている例では、禅僧が事態の意味を尋ねた雲水に対し、自分の警策*32を持ち上げて応じている。雲水はこの身振りの意味を入念至極な仏道で説明しようとするのだが、禅師は反論して、その説明はくどすぎると言う。そこで雲水は、先の身振りの正確な説明はどうなるのですかと尋ねる。すると禅師はまたしても警策を振り上げて応じる。

ここでヴィトゲンシュタインを読もう――

「示されうることは、語られうることができない。」(4.1212)

このアナロジーは、表面的だが、魅惑的だ。同じくヴィトゲンシュタインの基本的な含意（つまり、いずれの哲学的問題も意味を欠いている以上、解決不能なことを証示すること）も魅力的だ。つまり、世界も公案も客観的な他物を有していないということである。

『論理哲学論考』は禅用語に馴染んだ人の心を打つような主張のクレシェンドと見なすことができる――「世界は起きることの全てである。」(1)

ワッツの書物からも分かるように、禅師たちは雲水がごく微細な詮索をするときに、彼を警策で打つのだが、それは雲水を罰するためなのではなくて、推理仕様がない生命と直に接触する方途であるからだ。打たれたことを感じれば、それで十分なのだ。

＊32　坐禅のとき、修行者の肩ないし背中を打つための棒。

さて、ヴィトゲンシュタインは学生たちに哲学には没頭しないようにと幾度も忠告した後で、科学活動や学問の教育をすっかり断念して、病院の仕事やオーストリアの村々の小学校のありふれた教育に没頭した。要するに、科学をやめて生活・経験を選択したのである。

けれども、ヴィトゲンシュタインに関して推論や類推をはたらかせて、精緻な注釈の限界を脱出することは容易だ。ヴィーンパールによれば、このオーストリアの哲学者ヴィトゲンシュタインが接近したのは、理論や概念から距離を置いて、いずれの問題も溶解している以上は解決済みだといった精神状態だったのだ。だが、ヴィトゲンシュタインの超然たる態度は、仏教徒のそれと全く同じなのか？　ヴィトゲンシュタインが或る事態に関して、それの生起の必然性は、別の事態だって生起しえた以上存在しない——それは論理的必然性に過ぎないのだから——と書き記しているとき、ヴィーンパールは解釈ゲームを展開している。つまり、その必然性は、言語慣習に負うものであり、現実的ではないし、現世というものが概念世界に（従って、偽りの世界に）帰着させられているのだ、と。

ただし、ヴィトゲンシュタインにとって「論理の命題は世界の足場を記述する」(6.124)。確かにこれら命題は、類語反復的であり、経験世界の実際知識に関しては絶対に何一つ述べることはしない。さりとて、これら命題は世界と対立してはいないし、諸事実を否定してもいない。これら事実が機能している次元は、事実の次元なのではないが、事実を記述することに事実は同意しているのだ。＊33

要するに、知の敗北——知を利用した後で捨て去り、また役立たない

＊33「ベルクソン流の態度とは反対に、我々としては彼の内に純理論的な表現構造への最高の評価を見出す。この構造を理解するということは……真の現実理解に到達することを意味する」(F. Barone, “Il solipsismo linguistico di L. Vittgenstein,” in Filosofia, ottobre 1951)。

と分かった時にも捨て去る――という逆説は、禅と同じくヴィトゲンシュタインにも看て取れるのだ。だが、この西欧哲学者にとっては（見かけ上は沈黙を選んでいないとはいえ）少なくとも世界の一部分を明らかにするために、依然として知を用いる必要性は残存している。あらゆることに沈黙すべきなのではない。語りえないことについて――つまり哲学について――のみは沈黙すべきなのだ。しかし、自然科学の途は開かれたままなのである。ヴィトゲンシュタインにあっては、知が自ら敗北するのはその立証法がわれわれに提供しようと骨折っている瞬間に知自らを共有するからなのだ。最終結果は（少なくとも意図においては）完全沈黙というわけではないのだ。

他方ではまた、ヴィーンパールの説得力のある論述にあっては、『哲学探究』との類似性がより緊密になる。注目すべきは、このヴィトゲンシュタインの著作の主張（「というのは、我々が目指している明晰さは、もちろん完全な明晰さなのだから。だが、このことは、単に哲学的な諸問題が完全に消滅しなくてはならないということであるに過ぎない」[133]）や、ヤオシャン師と座禅を組んで何をなさっているのですかと尋ねる門弟との問答だ（答――「思惟の彼方にあるものを考えておる」問――「ではどうして思惟の彼方にあるものを考えていらっしゃるのですか？」答――「考えているのではない」）。

『哲学探究』中の或る句――例えば哲学の課題は、「蠅に瓶からの脱出法を教えることにある」という――は、やはり、禅師の表現法なのだ。『ケンブリッジ講義』の中で、ヴィトゲンシュタインが示唆しているところでは、哲学の課題は「表現形式で訓練された魅力に対しての抵抗」のようであり、「言語構造の持つ不完全な意識から生じた或る種の心的痙攣に病む人」を解放せんがための、精神分析的な手法のようだという。茶を注ぐ師匠のエピソードを想起するのは無用だ。ヴィトゲンシュタインのやり方は「治療法的実証主義」と規定されてきたし、この教訓からもそれは真実を伝えるのではなくて、真実を個人的に獲得する方途を見つけさせることにあるようだ。

要約して結論すれば、ヴィトゲンシュタインにあっては、哲学は実際上沈黙に霧散せざるをえないし、沈黙の瞬間においてこそ、純西欧的伝統の厳密な論理立証法は定立されることになる。別に新規な何かが言われているという訳ではないのだ。

ヴィトゲンシュタインには二つの顔があって、第二の顔は論理実証主義が引き受けたものなのだ。第一の顔——沈黙の顔——について言えば、それは禅の顔であり、これは神秘な顔なのだと言わんがための巧みな言葉遊びを実際上やっていることになる。

ヴィトゲンシュタインは疑いもなく、ドイツ神秘主義の大伝統に属しているのであり、エックハルトからズーゾ*34やルイスブルク*35に至る、法悦・深淵・沈黙への賛美者たちに連なっている。アナンダ・クーマラスワミのような、インド思想とドイツ神秘思想との類似性について詳述した人もいるし、鈴木大拙はマイスター・エックハルトに関しては、正真正銘の悟りを話題にすべきだと述べている。*36 ただし、ここでの方程式は流動化しているし、だから知的分類を断念せよ、という神秘的契機は実は人類史において繰り返されてきた契機だと言ってよい。

禅＝神秘主義だと仮定すれば、多くの比較を行うことが可能だ。ブライスの禅の研究は、英米文学においてはこの種のものだと思われる。例えば、ダンテ・ガブリエレ・ロセッティの詩の分析を見ると、そこでは不安に捉われていて、実存の神秘への何らかの回答を探し求めている人のことが述べられている。

＊34　H・ズーゾ (1295-1366)。

＊35　ヤン・ヴァン・ルイスブルク (1293-1381)。ベルギーの神秘主義者。

＊36　D.T.Suzuki, *Mysticism Christian and Buddhist,* Allen & Unwin, 1957, p79.（鈴木大拙『神秘主義　キリスト教と仏教』）

ある目印ないし或る声をむなしく探し求めてさまよいながら、ある時点で地面にひざまづき、祈りのポーズをとり、両脚の間に頭をかがめ、草から数センチメートルのところに目を固定していると、突然対をなす特徴的な三重の花序の野生植物タカトウダイ（euphorbia amigdaloydes）に気づくのだ――「タカトウダイが開花して三箇の杯が一箇になった」。

これを見て、心はふと啓示を受けたかのように、電光石火に開放され、詩人は理解する――

全き悲しみからは、知恵も記憶すらも
存在の必要はない
そのときに学んだ一つのことが心に焼きついている、
タカトウダイには三箇の杯があることが。

詩人を屈服させていた諸問題の内で残るはたった一つの単純かつ絶対的で攻略不能な心理、つまり、植物タカトウダイには三箇の杯がある、ということだけなのだ。これははっとさせる命題なのであり、残余は沈黙なのだ。そこには疑念がない。これは甚だ禅的な発見なのであって、詩人パン・ユンが詠んでいるものに似ている――「超自然の不可思議よ――これは奇跡だ！――私は水を井戸から汲み上げる――それから棒切れを持ってくるんだ！」

だがブライス本人も認めているように、こういう禅の契機は意図したものではないのだ、つまり自然との牧神（パン）的な交わりの瞬間には、人は万物の絶対的・極限的な重要性を発見させられるのだ。この次元から西欧思想全体を分析したりすることや、例えば、ニコラウス・クザーヌスの錯綜（complicatio）なる概念にまでこれを推し広げたりすることも可能だろう。だがこれはまた別の論議となるかもしれない。

こういう“発見”や類比全般の内で依然として残存するもの、それは、文化社会学的な一つの与件である。つまり、禅は一群の人々を魅惑したし、(彼らに西欧文化並びに彼らの個別心理の歴史における) 神秘的契機を定義しなおすための定式を提供したのである。

こんなことが生じた理由、それは西欧の心性には無縁なことが多い東洋的思惟のニュアンスの中にあっても、禅が西欧に甚だ親しみやすいものとなりうる可能性があったからだ。例えば、客観性の拒否と言っても、それは生の拒否なのではなくて、むしろ生を喜んで受け入れること、生をより強く体験せよという招き、生の実践活動を (単純明快に体験されるべき宇宙の真理全体への愛情のこもった追求行為として) 再評価することに他ならないからだ。

フッサールの表現に本能的に訴えかけられているが、これはすでに引用したワッツの用いている表現と何ら変わらない——「……禅が求めていること、それは物自体 (the thing itself) をつべこべ言わずに受け入れなさい、ということである。」一つの“行動”においては完璧を期さねばならない——例えば、弓道——においては、禅の雲水は“骨法”を、(つまり自発的な行為の中で事態そのものと容易に接触する方法を) 獲得する。“こつ”とは、一種の悟りと解釈されうるし、悟りは〈考えられたもの〉の“視座”(これは本質の視座ともいえよう) から看守されるのである。一つの志向ともいえよう。この時点において認知されるべき事態は完全にこの実態と合一するに至るのだ。＊37

フッサール哲学に多少とも馴染んだ人なら、類似性をいくつか指摘できよう。現象学の公準では、硬直化した感覚的・知的習慣を脱して観照すること、通常みたり解釈したりすることに慣れた事柄を「括弧の中に

＊37 “こつ”の性質については、久松真一の論文「禅と各種の行為」(Chicago Review, Summer 1958 所収) 参照。

入れて、それの“輪郭”の新しさ・本質を完全なる清新さをもって把握すること」が求められる。

フッサール現象学のため我々がなすべきは、現実体験の明白さに立ち返り、生の流れを受け入れ、体験してから、これを区別し、知性構造の中に固着させるために、いわゆる「対象との始原的共犯関係」なるものの中に生の流れを受け入れることなのだ。

つまり、感じ方や“治療法”としての哲学なのだ。治療というのは、要するに忘れ去り、思惟を既成の構築から一新したり、“生きられる世界”（Lebenswelt）の元来の強度を再発見したりするということなのである。これは禅師が雲水に茶を注ぐときの言葉なのか？

「我々の間で相も変わらずやりとりされているように、世界との関係は、分析ではもはや明白にはなされえない“無”なのではない。哲学ができること、それはこの関係を我々の視界の下に送り返し、この関係を我々自身の確証に供することだけなのだ……。先在する唯一のロゴスとは、世界そのもののことである……。」これらの言葉はメルロ＝ポンティの『知覚の現象学 I』［竹内・小木訳，みすず書房，1988, 23 頁］に出ているものである……。

フッサールの原典における禅への言及が参照価値を有しているのは、ある種の軽やかな連想によるものであるが、現象学のその他の書き物に、我々は禅への明らかな強調を見出すことができる。ここイタリアではエンツォ・パーチを挙げるだけでよい。彼は所々で道教や禅宗の立場を模倣して自分のいくつかの態度を鮮明にしているのだ*38。「実存主義から相対主義へ」なる最後の二章を再読されるならば、物事に直接接触する

＊38　Enzo Paci, *Esistenzialismo e storicismo,* Mondadori, 1950, pp.273-280. とりわけ、よりはっきりとしていたのは、1957 年 8 月に「現代世界における価値の危機」なるシリーズで放送されたラジオ番組である。

態度が見つかるだろうし、対象を直接のエピファニーにおいて感じ取る態度が見つかるであろう（東洋詩人たちは井戸から水をくみ上げる動作に、深い心理を感じているのだが、こういう「物事への回帰」というエピファニーとは大いに関係があるのだ)。

こうしたエピファニー、いわば神秘的な禅との接触を、西欧の感性がどのように受け取ったかを見るのも一興だろう。道の曲がり角で『失われた時を求めて』の語り手に現れた樹木の幻や、ジェイムズ・ジョイスの小鳥や、モンターレの旧い詩句に夢中な売春婦において……。

けれども望むらくは、読者諸氏にはっきりと気づいてもらいたいことがある。それは、本論考では、なぜ禅が西欧を魅惑したのかが説明しようと試みられている点だ。西欧人にとっての禅メッセージの絶体価値ということに言及するのには、私としてはこの上ない深謀遠慮をしておきたい。生の積極的知覚を称(とな)える仏教に対しても西欧の心はそれとはいつも距離を置くことであろう——知性の欲する方向に従い、現世をそのまま知覚して、これを再構し続けねばならないのだから。

観照的な契機というものは、エネルギーを回復するために大地なる母に接触することも、一つの回復階梯でしかありえないであろう。つまり、西欧人は、多様性なる観照の内に没入することを受け入れはするが、たとえ忘我の中においてであれ、常に多様性を克服したり、再編成したりといった試みの続行をやめはしないであろう。

世界の永劫秩序は豊かな無秩序にあり、そして生を一方向的な法則で体系づけようといういかなる企ても諸々の事柄の真義を喪失する一つのやり方なのだ、とする古来からの声でもって禅が西欧人に再確認したとしても、西欧人ならば諸法則の相対性を批判的に再認するであろう。そして、これら法則を作業仮設の形で、知識と行動との弁証法の中に再導入するであろう。

西欧人は現代物理学から学んだのは、偶然が支配するのは原子以下の世界の生の話であること、そして日常生活の諸現象を理解するために我々が導きの糸としている法則や予知が有効なのは、これらが統計的な近似の手段を表しているからに過ぎないということである。世界理解にとり本質的規準となったのは、まさしく不確定性なのだ。知ってのとおり、われわれはもはや「Ｘなる瞬間に電子ＡはＢ地点にあるだろう」とは言えないのであり「Ｘなる瞬間には、電子ＡはＢ地点にあるかもしれないという蓋然性ならあるだろう」としか言えないのである。周知のように、原子現象についての我々のいかなる記述も相補的だし、ある記述は他の記述に対立しうるのであって、一方の記述が正しく、他方の記述が誤っているということはあり得ないのである。

世界記述の複数性と等価性。実に、因果法則は崩壊して、蓋然性がわれわれの物事の解釈を支配しているのだ。さりとて、西欧科学は瓦解の恐怖に捉えられてはいない。西欧人は蓋然性の法則が有効たりうるとして、これを正当化することはできない。ただし、ハンス・ライヘンバッハも主張しているが、それらの法則が機能しているという事実を受け入れることはできるのだ。不確実性と不定性とは、物理界の客観的な特性なのだ。そして、小宇宙のかかる運動の発見と、この小宇宙を知るのに適した唯一の手段としての蓋然性の法則を知覚すること、これら二つのことは最高秩序の結果と解されるべきなのである。＊[39]

こうした知覚には、禅が喜んで受けているのと同じ事実――つまり、事物はとらえどころなく可変的だ――がある。道教ではこの知覚（受容）を無と名付けている。このような思考様式の、潜在的に豊饒な文化のうちに、禅は、批判意識の神話的代替物であるメッセージを受け入れる耳を見出したのだ。禅は、冷たい方法論的規準のみをそこに承認する

＊39　H. Reichenbach, *Modern Philosophy of Science* (London, 1959), pp. 67-78.

のではなくて、一連の生命活動における可変的なものを享受せよ、と手招きしているのだということが発見されたのだ。これは全て肯定的だ。ただし西欧は、可変的なものを喜んで受けいれ、それを固定化する因果法則が拒絶されても、蓋然性や統計学の暫定的法則を介して因果法則を再定義することをあきらめない。なにしろ（こうした新しい可塑的な知覚［受容］にあっても）秩序と、“区別する”知性の両方ともが、このような受容の使命であるのだから。

解　説

燦然（さんぜん）たる輝き――現代万能学者の独創的な思考実験

トマス・シュタウダー

2016年2月にウンベルト・エコが亡くなったとき、その著作が世界的に受け入れられてきた、影響力の多大な欧州インテリとしての彼の意義がドイツの新聞各紙で異口同音に評価された。クラウディウス・ザイドルは「フランクフルト・アルゲマイネ」紙上で、エコの死は「深い穴」を残したと書き、シモーネ・ダッテンベルガーは「メルクール」紙上でエコの「人道的倫理」を称えた*1。マイケ・アルバートは「ノイエ・チューリヒ新聞」で、エコの「啓蒙的な力」を称えたし、ラインホルト・ヤレツキーはウェブサイト daserste. de において、エコを「前例なき万能学者」と称えたし、グンター・ラインハルトは彼のことを「シュトゥットガルト・ナッハリヒト」紙上で「世界の幸運」と呼び、またハンス＝ユルゲン・シュランプは彼を週刊誌「シュピーゲル」において「道徳的ではあるのだが、論争好きな審級」と呼んだ。

ただし、こういう明らかに肯定的な態度がいつもドイツで優勢だったわけではない。記号論学者としてのエコはドイツ各大学において早くから認められてきたが、彼の小説の文学的な質については、ベストセラー

＊1　エコの死去に対するこうしたさらなる反応はミヒャエル・ネールリヒ「ウンベルト・エコ没す。ドイツにおける彼への国民的義務の分析」*Romanistische Zeitschrift f. Literaturgeschichte*（ハイデルベルク、Heft 3/4 2017, pp.467-503）でも引用されている。

になったにも拘らず疑いの目(まなこ)で見られることが稀ではなかったのである。たとえば、アリーツェ・フォレンヴァイダーは「フランクフルト・アルゲマイネ紙」(1982) で『バラの名前』を「平凡な原型」どおりに書かれた「レトルト犯罪小説」だと評した。同年には、フランソア・ボンディが「ライン・メルクール／キリストと世界」誌上で、エコの小説には「現実の人間も、雰囲気も」欠如していると書いた*2。

「ノイエ・フランクフルター・プレッセ」紙はエコの語り様式における「選り抜きの作為性」を批判したし、「ヴェルト」紙では、『バラの名前』は大規模な会話百科事典の助けをもってのみ理解されるとした。また「ツァイト」紙では、ディーター・E・ツィンマーは結論――エコの物語処女作は「読書による、頭をひねった洞察には富むが、生活体験には乏しい教授小説」――に行きついていた。

2010年に発刊された大がかりなエコ伝記の中で、ミヒャエル・ネールリヒはこうした美的偏見を19世紀ドイツ観念論(文学をアリストテレス的－合理主義的尺度に則らないで、個人的－独創的内容に則して評価する)に帰せしめた。つまり、ヴィルヘルム・ディルタイの解釈学では、文学作品とは作家の個人体験に基づいており、それを読者が追体験するものだ*3とされたのである。

それから多年が経過し、エコの大半の作品が独訳されるようになって初めて、こういう後期ロマン派的な偏見にも拘わらず、エコのインテリ作家としての意義がはっきりと肯定的に評価され出したのである。今日のドイツでは、エコはもっとも著名かつもっとも読まれているイタリア

＊2　『バラの名前』に対してのこういう(および以下に述べる)新聞紙上の反応については、T・シュタウダー『U・エコの「バラの名前」――研究報告と解釈』(エルランゲン、1988) 参照。

＊3　ミヒャエル・ネールリヒ『ウンベルト・エコ。伝記』(チュービンゲン［フランケ社］2010、pp.164 以下参照。

作家であるばかりか、彼の本文はドイツの教科書にも登場しており、ギムナジウムの卒業試験や大学の国家試験でも試問対象となってしまっているから、エコはドイツの教育において、もう標準となっていると言えるほどなのだ。

本撰集は原則として、現代社会の諸テーマが採り上げられているが、大まかに言って、歴史順ないし哲学的な連関で整序されている。これらはいずれもエコの比類のない天才的な文体で記述されているのだが、さりとて民衆的で、ときには故意に低俗的な[*4]要素も退けられてはいない。

こういう要素はエコには特徴的なのであって、彼はすでに1964年にも――当時、文字通り嚆矢として――学界ではいまだまじめに受けとめられてこなかった“通俗文化”を『終末論者たちと保守十全主義者たち』（*Apocalittici e integrati*）の中で擁護していたのである[*5]。

こういうスタイル・レヴェルの交配、高級なるものと低俗なるものとの結合については、エコはすでに1958年にユーモラスな哲学小話『自由なる哲学者たち』において実践していたし[*6]、これはまた、彼の小説もその内に収まる、“ポストモダン文学”の特徴でもあるのだ[*7]。本撰

＊4　たとえば、一連の侮蔑語も収録されている。個所によっては、インターネット検索においてポルノのウェブサイトで出くわすものまで収められており、そこではいかに性的な遊戯が弄れているかを委細に描述することをも彼は諦めてはいない。

＊5　この著書の中で、彼はとりわけコミックス（スーパーマン、チャーリー・ブラウン）や流行歌（「消費の唄」）についてそういう容認を行っている。

＊6　この点については、T・シュタウダー「カリカチュア（風刺）家（Filosofi in libertà, 1958）としてのU・エコ」（Zibaldone, Zeitschrift f, it, Kultur d, Gegenwart（チュービンゲン）Nr, 38, 2004 秋季号、pp.97-113 参照。

＊7　T・シュタウダー「エコとボルヘスにおける“ポストモダン”」、in M. José Calvo Montoro / R. Capozzi (ed.) Relaciones literarias entre J. Luis Borges y U. Eco (クエンカ、Ed, de la Univ, de Castilla-La Mancha, 1999) pp.207-226 参照。

集でも、たとえばエッセイ「ご存知なら、私を止めて下さい」（本書101頁）の中に“対立物の一致”が出ているし、ここでエコはアメリカ人ジム・ホルトのコミック説に関する本（多くのユーモアが例証されている）を話題にしている。エコはこれらに加えて、さらに或る哲学会議での体験談を持ち出し、「肯定によって肯定する様式」（modus ponens）といういかめしい論理式を、トイレの前で「小便したいなら、列に並ばねばならぬ」という駄じゃれと結びつけたりしている（104頁参照）。

エコのこういう好みは、本撰集のほかの所でも見受けられる。たとえば、彼が少年期に夢中になって読んでいた、19世紀の連載小説への関心である*8。彼はそこから、自分自身の小説においても多数の要素や作中人物を引用しているのである（常に、“ポストモダン”のアイロニカルな異化（Verfremdung）を行いながら）。このことは、コラム「ジュール・ヴェルヌの中心への旅」（89頁）にも当てはまるし、ここでは彼はこのフランスの作家を、エミリオ・サルガーリという、イタリアのやはり少なからずポピュラーな連載小説作家と比較している。

エコの探偵小説（イタリア語の“giallo”）好きはなかんずく、「コルク栓抜き状の空間（スペース）」（92頁）と題するコラムにも表われており、ここでは探偵による伝達方式と哲学により提起された問題との間の類似性が論じられている。こういう問題提起は、『バラの名前』や『フーコーの振り子』、さらにはその後の彼の小説にとっても重要なことなのだが*9、エコはすでに1981年に、論文「推理——アリストテレスからシャーロ

＊8　これに関しては、シュタウダーのU・エコとの対話（『追悼　ウンベルト・エコ』、文化書房博文社、2016、201頁、注（37）参照。

＊9　これに関しては、T・シュタウダー「アルセーヌ・ルパンがサム・スペードとフィル・マーロウに会う——U・エコの作品における探偵小説の伝統からの引用」（M. Cicioni & N. Di Ciolla編、Murder and Mayhem in Italian Crime Fiction, Newark, Univ, of Delaware Pr., 2008, pp.27-48参照。

ック・ホームズまで」*[10]において論じていた（２年後にエコがT・A・シービオクと共編した『三人の記号――デュパン、ホームズ、パース』*[11]として発行された）。コラム「嘘をつくこと、とぼけること」(114頁）においては、エコが嘆いているのは、あまり教養のない読者がフィクション文学のルールに馴染んでいないため、その作中に登場する人物たちの見解を当の小説の作者のものに帰属させがちだ、ということである。本撰集に収められたコラムの中では、エコは『フーコーの振り子』を例にしてこのことを例証しているが、彼はこういう経験を彼のほかの小説でも味わわざるを得なかったのである（たとえば『プラハの墓地』では、多くの読者が主人公シモニーニの反セム族的な立場を誤解して、エコ本人がこれを承認しているものとして受け取ったのだが、実はエコ本人の意図がどこにあったかと言うと、それは反セム族的な［ユダヤの］陰謀説に警告を発することにあったのである)。

本撰集の多くのコラムの中でエコは教育問題をも論じている（これは、彼の長年にわたる大学教授としての活動に鑑みて、ことさら不思議なことではない)。「うっかり婆さんテレザ」(34頁参照）では、エコは今日のイタリア人の多くが歴史の知識を欠いていることを慨嘆し、片や「フェスティヴァルでの顔合わせ」(63頁）では、一部若者の真摯な教養への欲求を称賛している。なにしろ文学フェスティヴァルや哲学講演ですらもが通常多くの公衆を魅き寄せているからだ。コラム「文科高等学校を閉鎖するのか？」(67頁）では、エコは自らも通学したようなタイプの高校が、現代社会でもなお役立ちうるだろうとして、これは擁護している。

＊10　雑誌 Versus, n, 30［1981］, pp.3-19 所収。
＊11　小池滋監訳（東京図書、1990)。エコは「角、蹄、甲――アブダクションの三つの型についての仮説」を執筆している。

古書収集家としてエコは愛書術をもって「本での一服」（83頁）を論じている。別のコラム（「時代遅れのデジタル・メディア」）では、エコは伝統的な書物より決して長持ちはしない、現代電子記憶媒体の脆弱さを強調している（99頁）。「“張り子の虎”を怖れるのは誰？」（122頁）においては、それでも依然として、エコはコンピュータに決して否定的な立場をとってはいないことが示されている。それというのも、若者の言語および書記の克服能力（マスター）は、必ずしもデジタル化の下でさえ病んではいないからだ。

インターネットとても有用な手段だとして、エコは見なしており、ただしそれの正しい使用法は学ばれねばならない、と考えている。「愚者と責任を負うべき出版」（169頁）なるコラムでは、彼は印刷された新聞が、特別の欄を設けて、ウェブサイトの内容の真偽を定期的に検証しコメントすることを勧めている。

この解説の結びとして、コラム《憎悪と愛について》にちょっと言及することをお許し願いたい（その中ではこの「解説」の筆者の名前が言及されているのである）。エコが本コラムの中で友人としてまでこの私の名を記してくれていることを、特別に栄誉なことと思う次第である。

（於アウグスブルク大学　2018年11月8日）

トマス・シュタウダー（Thomas Stauder）
1960年ミュンヘンのバイエルン生まれ。1978年にギムナジウムを卒業。1979年から87年にかけて、エルランゲン大学、カンタベリー大学（英国）、シエナ大学において、独・英・伊の各国文献学を研究。エコ研究の第一人者。現在、アウグスブルク大学教授。
『文学的改作』（1993）なる大著により博士号取得。邦訳に『ウンベルト・エコとの対話』（而立書房2007）がある。

訳者あとがき

I．セレンディピティー ——「他山之石」是金塊也

谷口 伊兵衛

ウンベルト・エコが没して早くも３年が経過した。彼の最期の遺著となったのが本書である。原題 *Pape Satàn Aleppe* はダンテ『神曲』の「地獄篇」（Ⅶ、１）から採られたものだ*1。今回の抄訳は生前のエコが編んだ最終の「知恵袋」集であり、特に私を初め日本人にも興味があると思われるものを中心に選び出しておいた（因みに、西語訳（2018）や英訳(2017) もいずれとも完訳ではない)*2。原文には注は一切付いていない（「付論」を除く）が、邦訳では、台湾式にあえて蛇足を行った*3。

最近の日本のエコ文献としては、『ウンベルト・エーコの「いいなづけ」』（白崎容子訳、NHK 出版、2018）や、『女王ロアーナ、神秘の炎』（和田忠彦訳、岩波書店、2018）が出たし、『ヌメロ・ゼロ』（中山エツコ訳、河出書房新社、2016）や『世界文明講義』（和田忠彦監訳、河出書房新社、2018）も公刊された。後者は本書と関係深い内容が収められている*4。NHK は「100 分 de 名著」として『薔薇の名前』を今頃になって

＊1　この訳書の副題では、ジャック・ル・ゴフ（『エコ効果』拙訳、而立書房、2000 年、参照）のエコ紹介を参考にした。元来はラブレー『ガルガンチュア』に由来する。

＊2　華訳『教皇撒旦至高無上：液態社会的編年史』も計画されているらしい。

＊3　エコも生前、「ひとの一生は書物の注釈みたいなもの」と語っていたらしい。

＊4　この『講義』は入念な（翻訳）文献紹介があるが、ベッテッティーニ（拙訳）だけは無視されている！

採り上げたりしている（2018年9月）。訳者が編訳した『追悼　ウンベルト・エコ』（文化書房博友社、2016）は幸いにも日本図書館協会選定図書に選ばれはしたが、書評はこのNHKテキストではもちろんのこと、いまだに何らの反応も表われてはいない。かなり重要な問題提起をしておいたのだが。問題訳は依然大々的に広告されている！　何が問題なのかは後で触れる。

訳者は以前、エコの訳本『セレンディピティー——言語と愚行——』（而立書房、2008）を刊行したことがある。この中でエコは「痴愚を敬意をもって再考すべきだ」*5という主旨の逆説を唱えている。このことは今回の拙訳本の最終章（“オクシモロン”）でも如実に示されており、わが意を得たりの思いがしたのだが、ここでは訳者が実際にエコの言を面白く追体験したことを、痴愚のトリセツ（取扱説明書）として書き留めることにしたい。

1）“suppositio materialis”（素材的な代表）［邦訳は「実質ノ取リ違エダ」*6］これはオッカムのウィリアムという“唯名論”の代表者が体系化した“代表〔代示〕”説のキーワードの一つ。『バラの名前』なるタイトルの謎解きの鍵なのだ*7。ソシュール記号論の“シニフィアン”に相当する。（B・クローチェの「直観＝表現同一」説とも関連する。）『バラの名前』がシニフィアン［字面］の問題を採り上げているとすれば、『フーコーの振り子』ではシニフィエ［内実］が扱われているのだ。

＊5　同書、7頁。なお拙著『クローチェ美学から比較記号論まで』（而立書房、2006）、717-724頁「レトリックのエネルギー」をも参照されたい。

＊6　アイスランド語版でも、可笑（おか）しな訳がなされている（！）Nota bene!

＊7　日本には、この“バラ”は神だという奇妙な説を唱えた人もいる。冗談ではないと思われるが、バラ→名辞→ロゴス→神という推理から、「バラ＝神」なる等式が成立するし、オッカムの唯名論（蓮如上人の「名号」参照）の真正さが証明されることになる。

もちろん、唯名論者のオッカム*[8]（のウィリアム）は、実念論の反対者であり、『バラという名辞』［これがタイトル本来の原義］は、実質としてのバラがたとえ消滅してしまっても、このバラなる“名辞だけは残存する”（唯名論）という点がポイントなのだ（したがって、「NHK テキスト」（120 頁）に採り上げられたシェイクスピアの言葉*[9]とは真逆の立場なのだ。このことに触れなければ、これをたとえ引用しても誤解させるだけで、読者にとっては「百害あって一利なし」なのだ。（“立場”の重要性については後述）。

２）“non in commotione Dominus”（主は地震［のような騒乱］の中にはおられない）［邦訳は「動ジナイノダ、主ハ」］。これは実に重大な問題を孕む言葉であって、老アトソン［“アドソ”なる表記*[10]はナンセンス。イタリア人は Adso をそんなふうには発音しないし、何よりも“ワトソン”（シャーロック・ホームズ）との暗合をエコは意図しているのだからだ］が無神論に行きついたのでは？と疑わさせるからだ（エコは『バラの名前』ではなくて、『フーコーの振り子』がヴァチカンの禁書目録（インディチェ）に入れられたことを不思議がっていたのである）。

以上のように、このオッカムやウルガタ（ラテン語訳）聖書からの引用句は、本作品の“名辞”と“実質”（シニフィアンとシニフィエ）の謎解きの最重要な鍵を与えてくれているのだ。

３）「エーコが［本作品で］イタリアの伝統的な愛を扱ったことは間

＊８　英国中部の「オッカム」村。実在している。記念碑などはない。（探訪をお勧めする。「アランドル」城ともどもに。）この二ヶ所は、エコ理解のために必須の場所と言ってよい。

＊９　「バラはどんな名前で呼ぼうとも、バラはバラ」（『ロミオとジュリエット』）（名辞を軽視して、実質を重視している）。

＊10　邦訳では、その他「カバヤキ」といった人名等の珍表記が頻出している。（アラビア語版ですらこのままになっている！）。「キブジャーキー」のこと。

違いない」(「訳者解説」)。『開かれた作品』(1962) を著したエコだが、本訳書でも「解説」を寄稿してくれたT・シュタウダーがかつて指摘していたように*[11]、読者には或る種の“解釈の自由”が開かれているが、「ナンセンスな解釈」の自由まではないのである (エコの『解釈の限界』1990参照)。たまたま作品の舞台が、「ペトラルカとラウラの“巡り合い”」の年 (1327) と合致しているからといって、ペトラルカの「宮廷風恋愛」(プラトニック・ラヴ) をアトソンと田舎娘との“情交”と同一視する (!) とは*[12](中高生並みの) ナンセンスの極みだ (イタリア人なら可笑(おか)しくて吹き出すだろう)。エコが知ったとしたら、どんな反応を示したことか!

4)「何か仕事を見つけようと決心した……誰もがそれ [=基礎的な知識] を望んでいる。しかも、それが非現的なものであればなおさらのことだ」(『フーコーの振り子』邦訳)。「見つけ……」は「自分のために……つくりだす」が、「非現実的」は「時代遅れ」が正解。因みに、この二つがエコの創作態度の根幹なのだということは、エコを研究すれば自明の事実なのである。(ただし『ヌメロ・ゼロ』はこの限りでないので要注意。)

5)「神秘主義は、それが衆愚政治(デマゴーグ)でない場合の民主主義のような現象である」(同上)。

言わずと知れたイタリア語“se non”の初歩的な「取り違エダ」。英語“if not”、ドイツ語“wenn nicht”、フランス語“sinon”等、に同類の表現がある。これはフランス語で言い換えれば“parfois même”となり、「ときには……ですらある」の意。(ただし、日本の英和辞典は、

---

* 11 『「バラの名前」覚書』(而立書房、1994) x 頁参照。
* 12 流石に、NHKの番組でもこういう説には触れられなかった。読者諸氏にも是非ともこの説の“お目出度さ”に気付いて欲しい (こんな訳を無恥にも大々的に宣伝するのは論外だ)。イタリア人に笑われぬためにも。

『大英和』（研究社）でさえ、“if not”にはこの訳が載っていないので要注意！）

以上、具体的にエコの日本語版におけるとんでもない「取り違エ」（痴愚）現象を採り上げてきた*[13]。これらはエコ解釈の根幹中の“根幹”を成す問題なのであって、夢々軽視されるべき瑕疵（かし）どころではないことを声を大にして指摘しておく（どこまで届くかは分からないが）*[14]。因みに、今回のNHK講師は別の本で『ヌメロ・ゼロ』を批判して、この作品が「E・シューの大衆小説的醍醐味に欠ける」かの如き批評を堂々と披瀝しているが（『文藝年鑑』2017年版、新潮社、80頁）、これはイタリアでよく見られる「クローチェの長い影」に立脚した曲解の見本である*[15]。エコの最期の作品を“poesia”と“non poesia”というクローチェ流の“立場”（“poesia”のみを評価するやり方）から批判したりすれば、「“新聞記事”（non poesia）の立場［ポストモダン］で書かれたこのエコの作品を“物語文学（ナラティヴ）”（poesia）の立場［モダン］から、《詰らない》と評価する」という可笑（おか）しなナンセンス行為（“立場”の混同（トリチガエ））をしでかした*[16]も同然となる（高級と低級を混淆（こんこう）させるのが“エコ”のやり方*[17]ではあるのだが。批評での混同は許されないはずだ）。日本で初めてエコの著書（『開かれた作品』）を紹介した先見の明は評価する

＊13　邦訳の孕む問題は決してこれで尽きる訳ではない。他にも“宝の塊”がころがっている！（挑戦されてみては如何？）。

＊14　このことに気づかせられたのも、実は私がこれら“愚訳”にぶつかった“おかげ”である。エコの言う“セレンディピティー”であって、「痴愚を敬意をもって再考せよ」が貴重なアドヴァイスであることを実体験することになったのである。何たる逆説よ！

＊15　『追悼　ウンベルト・エコ』（前出）182頁参照。ここでのエコの発言に注目されたい。

＊16　かつてソ連のフルシチョフは生前、抽象（アブストラクト）画展を観て「これはやんちゃ坊主の落書きかい」との感想を洩らしたと言われている。（こんな例は山ほどある！）。

＊17　ポストモダンのやり方。

が、付論（本書拙訳）を省いたセンスは不可解だ。“開”の美学が展開されているというのに。

ときあたかもD・ヘラー＝ローゼンの『エコラリアス――言語の忘却について』（関口涼子訳、みすず書房、2018）が出版された。本書の中では案に相違して、U・エコの名は一回も出現していないが、その“百科全書”的な博識は書物の題名も含めてエコを彷彿させるものがある。

（2018年10月26日　於富田林、藤沢台）

（追記）今回も多忙中「解説」を寄せてくれたトマス・シュタウダー氏には、厚く感謝したい。（氏の名前は本書41頁にも登場している。）3回も“三銃士”――「三人寄れば文殊の知恵」――が実現できたことを喜びとしたい。

私がエコの書物の“注釈”に拘泥してきた理由は、本書でも十二分に明白になったことと思う＊18。

＊18　かつて「図書新聞」（座談会記録）で、「日本では（ほかに大事なものが一杯あるのに）［而立書房の］エーコの参考書みたいなものしか出ない」との大言壮語を吐いた“大物”が居たのだ。その影響力は絶大であって、以後“シリーズ”は売れなくなってしまった。それにしても、日本の批評界のレヴェルは何と低いことか。私の計画したシリーズは酷評されたが、邦訳の“愚劣さ”を指摘した人は皆無だったのだ。もちろん、貶（けな）しさえすれば良いはずがない。大事なことは「他山の石」とすることなのだ。

Ⅱ．最後の生粋マンドローニョ人、ウンベルト・エコ

ジョバンニ・ピアッザ

“マンドローニョ人”とはアレッサンドリア市周辺に生まれた人びとを指す言葉である。元来はマンドローニョ村に由来し、アレッサンドリアの住民の多くはここの出身者なのだ。

ウンベルト・エコは偉大なアレッサンドリア人であり、最後の正真正銘のマンドローニョ人なのだ。諸兄が彼を直接ご存知なければ、彼の小説なり（あまり学問的ではない）著作*1なりを紐解いてご覧になるがよい。そうすれば、“ローカル・パトリオット”たるこのアレッサンドリアの偉人の性格ばかりでなく、熱烈な郷土愛もお分かりになろう。

彼の小説は全て大なり小なり、地理的にはピエモンテ地方、とりわけ、アレッサンドリアという、若干ユニークながら、興味深い都市を中心に据えている。ウンベルトの知性をもっともよく反映しているのは『バラの名前』だろうが、後に続いて出たほかの６篇の小説は全て、彼のハートに近いものであり、われらが作家の身体的メッセージ――マンドローニョ魂――であり続けている。しかもこのことが分かるのは、戦前もしくは戦後間もなく生まれたアレッサンドリア人だけである。こういう当時のアレッサンドリアの主たる市民特性は今なお脈々と継承されてきている。

そうは言っても、今日のアレッサンドリアは変化したし、外部から影響されて特徴が薄まってきている。そして遊興都市と化しつつある。こ

＊１　エコは児童向きの話を（画家Ｅ・カルミの協力でイラストを付して）幾冊も刊行している（『爆弾のすきな将軍』(2016)、『火星にいった宇宙飛行士』(2015)。いずれも海部洋子訳、六曜社刊）。

ういうことは“辺境軍事都市”としての伝統的な現実とは相反するものだ。それだからこそ、私としてはウンベルト・エコを“最後のマンドローニョ人”と呼びたいのである。

では、マンドローニョ人の長所と欠点はどこにあるのか？　言わせてもらうなら、マンドローニョ人というのは、中国人智者みたいに、不可解である。人びとや軍人の出入りに慣れてしまい、胸の内をそのまま有り体(てい)に告白したりはしない。もしそうしたとしたら、あなたは——稀なことながら——共感を獲得したことになる。伝承によれば、マンドローニョはジェノヴァ共和国から連行された海賊トルコ人の支配地区だったのであり、よくあるように、地元民と同化することにより、独特の身体特徴と性格とを有する世代を築き上げてきたらしい。

ウンベルトは北アフリカ（マグレブ）と東地中海地方(レヴァント)の両方の血筋を引いており、このことこそが（あえて言わせてもらえば）彼のメリットともなっているのである*2。イタリア・ピエモンテ州には、栗色の髪の人やブロンドの人が多いが、彼は（地中海人のように）まっ黒な毛髪をしていた。口ひげを貯えると、活力のある族長のようだった。私が会ったときには、彼は新しい小説のために*3フィジー島でスキューバダイヴィングを行ったので、すっかり口ひげを剃り落としていた。しかし、当時の彼のほかの写真を見るとサウジアラビアの人に見まちがえるだろう。したがって、彼がマンドローニョ人の血を承け継いでいることの、これは証左なのだ。

私はかつてドイツの占星術書をかじったことがあるのだが、それによると、エコは典型的な“山羊座”のマンドローニョ的性格の持主らしい。

＊2　ウンベルト・エコは彼自身も表明しているとおり、捨て児の祖父を持つ（ECOとは“ex caelis oblatus”＝「天から授かった」に由来するという）。

＊3　『前日の島』のこと。

つまり、大の野心家で、粘り強く、忠実で独立心があるが、少しばかり謎めいているのだ。

ある笑話によると、コロンブスはアメリカに上陸するや否や、一人のアレッサンドリア人（マンドローニョ人）に出くわした。びっくりした相手に向かって、「ここで何をしているんだい？」と尋ねると、相手は平然と「インディアンの振りをして」（a fas l'indian）[*4]と応じたという。これはイタリアのジョークであって、「構わないで。放っといてくれ！」を意味しているのだ。

ウンベルトが熊だったというのではない。それどころか、大層人づきあいがよく、才気煥発であって、山羊座のマンドローニョ人そのものだったのだ。こういう前提の後で、話の根本に戻ることにする。

私は以前から、彼の母親や妹と顔馴染みだった。なにしろ私が生まれ育った所は、エコ家のマンションから数十歩しか離れていなかったからだ。しかしエコは私より10歳年長だったから、意識的に会わないようにしてきたのである。

それから1990年の秋、私が今も暮らしている日本で、エコの依頼で[*5]彼と出会い、関西地方の歴史的・美術的名所である、奈良、京都、大阪のガイド役をするという名誉にあずかったのだ（彼と一緒に来日した夫人と娘さんは関東地方のツアーに加わった）。ウンベルトは、東京始発の新幹線に乗り、私が新大阪で待ち合わせているのを知っていた。国際的名士であり、『バラ』についての小説で世界中に知れ渡った彼にとって、日本で一アレッサンドリア人に会うことは、ちょっとした“陰謀”の機会ともなったのである。

ところが、列車で到着するや、私のトリーノ訛りに彼が覚えた幻滅た

＊4　「しらばくれて」の意。

＊5　訪日の６ヶ月前から、日本での案内や予定計画を依頼されていたのである。

るやいかばかりだったか！　私の友情に満ちた、心底からの挨拶が、彼がありふれたアレッサンドリア方言――「盲人になって……しまえ」[*6]――で準備してきたそれとぶつかったのだ。要するに、彼はほとんど私をぶん殴ってやりたい気持だ、と言ったのである。

彼は国際的名士になっていながら、ずっと土着の訛りを保持してきたのであり、それをお互いの挨拶で示したかったのだ。私はと言えば、郷里を離れてトリーノ人の仲間入りをし、トリーノのリチェーオ（高校）に通う内に、知らず識らずにこの都市の訛りに馴染んでしまい、土着の話し方をすっかり忘却してしまっていたのだ！　私は雲隠れしたい気分に襲われた。しかしその後は最初の不如意な出会いにも拘らず、旅行の間中、ずっと親愛の情を見せ続けてくれたし、この情はそれ以後も途切れることなく、友達を介してメッセージを送り続けてくれたのである。

マンドローニョの黄金の心をもつ親愛なるウンベルト・エコと私はひげを落とした彼の姿で再会し、すぐさま友情と誠意とをもって互いに打ち解けたのだった。

私はいつも同胞愛をもって彼のことを想い返しているし、それだから彼とともに、ユニークな、マンドローニョ（絶えず――良い方向に（？）――変化しつつあるが）への大いなる愛情を、今回の翻訳においても共有することを、どうか私に許して頂きたい。

難儀な宣告は子孫に下し給え！　（ナポレオン）

（2018 年 10 月 28 日　於四日市市）

＊6　“fisti orb...” この言葉は、『前日の島』の中にも出てくる。（... には「死んで」が入る）アレッサンドリアの地元では周知の表現。

［著者略歴］

ウンベルト・エコ（Umberto Eco）

1932-2016　小説『薔薇の名前』『プラハの墓地』（東京創元社）他。エッセイ『歴史が後ずさりするとき』（岩波書店）、『敵を作る Incontro – Encounter – Rencontre』等。著書多数。
ストレーガ賞（イタリア）受賞。レジオンドヌール勲章（フランス）受章。アメリカ芸術・文学アカデミー名誉会員。名誉博士号（35以上）授与さる。

［訳者略歴］

谷口伊兵衛（たにぐち・いへえ）（本名：谷口勇）

1936年福井県生まれ。1963年東京大学修士（西洋古典学）。1970年京都大学大学院博士課程（伊語伊文学専攻）単位取得退学。1992-2006年立正大学文学部教授。2006-2011年同非常勤講師を経て、現在翻訳家。
主な著書に『クローチェ美学から比較記号論まで』『中世ペルシャ説話集――センデバル――』（而立書房）ほか。訳書多数。

ジョバンニ・ピアッザ（Giovanni Piazza）

1942年イタリア・アレッサンドリア市生まれ。1969年スウェーデン・ウプサーラ大学卒業（文化人類学）。1970年来日。1975年鍼灸国家試験に合格。現在日本性科学学会会員。イタリア文化クラブ会長。名古屋放送芸能家協議会会員。共著『追悼ウンベルト・エコ』（文化書房博文社）。共訳書約40冊。

現代「液状化社会」を俯瞰する　〈狂気の知者〉の饗宴への誘い

2019年5月25日　第1刷発行

著　者　ウンベルト・エコ
訳　者　谷口伊兵衛／ジョバンニ・ピアッザ
発行所　有限会社 而立書房
東京都千代田区神田猿楽町2丁目4番2号
電話 03(3291)5589／FAX 03(3292)8782
URL http://jiritsushobo.co.jp

印刷・製本　モリモト印刷 株式会社

落丁・乱丁本はおとりかえいたします。

ISBN 978-4-88059-413-2　C0010

ウンベルト・エコ／谷口伊兵衛 訳

2008.9.25 刊
Ａ５判上製
136 頁
定価 2500 円
ISBN978-4-88059-342-5 C1010

セレンディピティー　言語と愚行

コロンブスの誤解が新大陸発見のきっかけとなったように，ヨーロッパの思想史では《瓢箪から駒》が幾度も飛び出してきた。U・エコはこういう事象を記号論の立場から明快に分析している。

マリーア・ベッテッティーニ／谷口伊兵衛、G・ピアッザ 訳

2007.3.25 刊
Ａ５判上製
144 頁
定価 2500 円
ISBN978-4-88059-335-7 C1010

物語 嘘の歴史　オデュッセウスからピノッキオまで

「真実とは何か」は古来、執拗に追究され、多くの哲学者・宗教家を悩ましてきた。本書は逆に「嘘」とは何かを追究することによって、「真」を照射しようとする意欲的な書である。

マタイス・ファン・ボクセル／谷口伊兵衛 訳

2007.7.25 刊
Ａ５判上製
240 頁
定価 3000 円
ISBN978-4-88059-334-0 C1010

痴愚百科

《存在するということは知覚されないということである》 ―― 人間社会に遍在する痴愚から《真》の実態を逆照射する。オランダの哲人が世界に発信するエラスムスの遺訓。知的興奮を覚えさせる書である。

ファウスティーノ・ペリザウリ／谷口伊兵衛 訳

2015.3.25 刊
Ａ５判上製
112 頁
定価 2500 円
ISBN978-4-88059-386-9 C1010

痴愚神の勝利　『痴愚神礼賛』原典

ルネサンスの天才作家エラスムスが『痴愚神礼賛』の執筆にあたり底本にしながら、極秘にしてきた原典の本邦初訳。イタリア以外では、世界初の " 秘書 " 公開である。

ウンベルト・エコ 編／谷口勇 訳

1988.10.15 刊
Ｂ５判並製
108 頁
定価 1900 円
ISBN978-4-88059-120-9 C0025

エコのイタリア案内

無名時代のエコが編んだパッチワーク。モントリオール万博のために、当時のイタリアを多面的に捉えた図説だが、今日でも十分に楽しめる好ガイド。エコの隠れた文献の発掘。『バラの名前』の背景を知る手だてともなる。

ウンベルト・エコ／谷口勇 訳

1991.2.25 刊
四六判上製
296 頁
定価 1900 円
ISBN978-4-88059-145-2 C1010

論文作法　調査・研究・執筆の技術と手順

エコの特徴は、手引書の類でも学術書的な側面を備えている点だ（その逆もいえる）。本書は大学生向きに書かれたことになっているが、大学教授向きの高度な内容を含んでおり、何より読んでいて楽しめるロングセラー。

L・パンコルボ、T・シュタウダー、C・ノーテボーム／谷口勇 編訳

ウンベルト・エコ インタヴュー集　記号論、「バラの名前」そして「フーコーの振り子」

1990.12.25 刊
四六判上製
192 頁
定価 1500 円
ISBN978-4-88059-149-0 C0098

スペイン、ドイツ、オランダの３名の気鋭がそれぞれの立場から果敢に挑戦した注目すべき対談集。本書の白眉は、「バラの名前」発表以前に“小説家”エコの出現を予期させる言葉を引き出しているパンコルボのインタビューである。

トマス・シュタウダー／谷口伊兵衛、G・ピアッザ 訳

ウンベルト・エコとの対話

2007.1.25 刊
四六判上製
248 頁
定価 1900 円
ISBN978-4-88059-332-6 C0010

処女作『バラの名前』に始まり、『フーコーの振り子』『前日の島』『バウドリーノ』、さらに『女王ロアーナの謎の炎』に及ぶ記号論学者U・エコの全小説についての個別のインタヴュー。エコの幼年期から青年期の遍歴を対話を通して明らかにする。

F・パンサ、A・ヴィンチ編／谷口伊兵衛、G・ピアッザ 訳

エコ効果　4000 万の読者を獲得した魔術師の正体

2000.6.25 刊
四六判上製
288 頁
定価 1900 円
ISBN978-4-88059-261-9 C0098

中世学者ジャック・ル・ゴフの序文付き。イタリアのあらゆる知識人にインタヴューしてエコへの好悪親疎を率直に引き出し、エコが及ぼしたインパクトをあますことなく呈示する。エコ・ファン待望のサブテクスト。

ロベルト・コトロネーオ／谷口伊兵衛、G・ピアッザ 訳

不信の体系　「知の百科」ウンベルト・エコの文学空間

2003.8.25 刊
四六判上製
144 頁
定価 1500 円
ISBN978-4-88059-299-2 C0098

エコの四作品「バラの名前」「フーコーの振り子」「前日の島」「バウドリーノ」は鏡状をなしており、その本質が〈不信〉にあることをコトロネーオは抉り出す。エコを理解するための極めつきの本。今後のエコ研究の指針となる書である。

K・イッケルト、U・シック／谷口勇 訳

増補「バラの名前」百科

1988.1.25 刊
四六判上製
320 頁
定価 1900 円
ISBN978-4-88059-114-8 C1098

『バラの名前』にはさまざまな物語類型が織り込まれており、さまざまなレヴェルで解読することが可能である。本書は壮大な迷宮を包蔵するこのメタ小説に踏み込むための《アリアードネの糸》となろう。原文独語。90 年増補。

U・エコ他／谷口勇 訳

「バラの名前」探求

1988.12.25 刊
四六判上製
352 頁
定価 1900 円
ISBN978-4-88059-121-6 C1098

「サブ・スタンス」誌 47 号（『バラの名前』特集）の論文の他、独・仏・ルーマニアの学者の論文をも収めた国際色豊かな論集。計 11 名の論者がそれぞれの視点から照射している。初期の『バラの名前』研究書。原文英・仏・独語。

L・マッキアヴェッリ／谷口勇、G・ピアッザ 訳

「バラの名前」後日譚

1989.6.25 刊
四六判上製
336 頁
定価 1900 円
ISBN978-4-88059-125-4 C1098

U・エコの大作『バラの名前』は読者ならびに批評家にほとんど無批判に受け入れられてきたが、推理小説家の著者はこれに異議申し立てを行った。独・仏・スペイン訳も出ている話題作。本邦初公開。付録も収録。原文伊語。

A・J・ハフト、J・G＆R・J・ホワイト／谷口勇 訳

「バラの名前」便覧

1990.4.25 刊
四六判上製
280 頁
定価 1900 円
ISBN978-4-88059-142-1 C1098

「すでに『バラの名前』を読んだ人にとって、本書は遅ればせの福音となろう。これから読もうとする人にとっては、時間の節約者、暗号の解読者となってくれよう。」ラテン語等の引用句の出典を精査し、作品の背景を簡潔に説明する宝典。原文英語。

ニルダ・グリエルミ／谷口勇 訳

「バラの名前」とボルヘス

1995.8.25 刊
四六判上製
352 頁口絵 1 頁
定価 1900 円
ISBN978-4-88059-203-9 C1098

『バラの名前』はボルヘスへの献呈本といわれるくらい、ボルヘスとは深い関係にある。著者がアルゼンティン人という有利な立場を生かして、徹底的にこの面を照射した、願ってもない好著。原文スペイン語。

M・ターラモ／谷口勇、G・ピアッザ 訳

「U・エコ『フーコーの振り子』」指針

1990.8.25 刊
四六判上製
352 頁
定価 2400 円
ISBN978-4-88059-341-8 C0010

記号論学者U・エコが「バラの名前」の次に放った「フーコーの振り子」はオカルト小説の体裁で観念の世界に挑戦したものだけに、その難解さは想像を絶する。ターラモの手際よい解剖は、迷宮に踏み込む人たちの好伴侶になろう。

L・M・マルティネス＝オテーロ／谷口勇 訳

「U・エコ『フーコーの振り子』」振幅

1993.9.25 刊
四六判上製
248 頁口絵 4 頁
定価 2400 円
ISBN978-4-88059-179-7 C1098

テンプル騎士団員の立場から、エコの原作に徹底アプローチ。反エコのマニフェストながら、幾多の問題点を明らかにしている。ヨーロッパ文明の裏面史ともいえる神秘主義の系譜を知る手がかりを与えてくれる。

フランコ・パルミエーリ／谷口伊兵衛 訳

ウンベルト・エコ作『女王ロアーナの謎の炎』逆(裏)読み

2010.6.25 刊
四六判上製
160 頁
定価 1500 円
ISBN978-4-88059-357-9 C0010

度肝を抜くウンベルト・エコの字謎・回文の羅列、裏読み。痛快無類の『女王ロアーナの謎の炎』批評である。本書を読まずして、エコを論じることは不可能である。